약
캐
토
모
자
키
군

The Low Tier Character
"TOMOZAKI-kun",
Level.8.5

Lv.8.5

야쿠 유우키 지음
Yuki Yaku Presents

플라이 일러스트
Illustration Fly

김정규 옮김

초콜릿 디스코

The Low Tier Character
"TOMOZAKI-kun", Level.8.5

CONTENTS

키크지후가

Design Yuko Mucadeya + Caiko Monma
(musicagographics)

약캐 토모자키 군
8.5

야쿠 유우키 지음 ㅣ 플라이 일러스트 ㅣ 김정규 옮김

커버·권두·본문 일러스트 | **플라이**

토 약
모 캐
자 키
군

야쿠 유우키 지음
Yuki Yaku Presents

플라이 일러스트
Illustration Fly

The Low Tier Character
"TOMOZAKI-kun";
Level.8.5

Lv.8.5

캐릭터 소개

약
캐
토모자키군

The Low Tier Character
"TOMOZAKI-kun";

1

퍼스트
크리스마스

세키토모 고등학교 문화제 다음 날, 오오미야에 있는 오코노미야키 가게.

　"저, 저기! 그, 그럼 여러분! 이렇게 모여주셔서 정말 고맙습니다!"

　모여 있는 20여 명의 반 친구들 앞에서, 이즈미가 인사를 했다.

　"어~ 우리 2학년 2반은! 만화 카페도 연극도 대성공이라고 할 수 있는, 상당히 만족스러운 결과를 거뒀……."

　"유즈~! 너무 딱딱하잖아~!"

　"어, 응~?! 그럼……."

　긴장한 탓인지 교장선생님 훈시처럼 말하던 이즈미한테, 카시와자키 양이 한마디 했다. 이즈미는 당황한 것처럼 눈동자를 이리저리 돌리다가 자기 왼손 손바닥을 빤히 보고는 응응 하고 고개를 끄덕였고, 그리고는 다시 말하기 시작했다. 틀림없이 저기에 뭔가 적어뒀다.

　"오, 오늘은 문화제 뒤풀이와 크리스마스 파티를 동시에 개최하게 되었으니…… 여러분, 무리하지 않고 즐겨주신다면…… 그러니까."

　"여전히 너무 딱딱해~!"

　"어, 음……!"

　아마도 연습해 왔거나 아니면 손바닥에 적어놓은 대사를 그대로 읽고 있는 것 같은 이즈미가, 다른 사람들 목소리 때문에 궁지로 몰려가고 있다.

"날씨가 많이 추워져서 몸도…… 음~."

"힘내~!"

"……아~ 몰라!!"

마침내, 될 대로 되라는 것처럼 한 손에 들고 있던 잔을 높이 들어 올렸다.

"아, 아무튼! 거, 건배~!!"

"'건배~!'"

그렇게 엉망진창인, 참으로 이즈미다운 구령을 신호로 음료수 잔들이 가볍게 부딪치는 소리가 울렸다.

12월 24일, 크리스마스이브.

우리는 세키토모 고등학교 문화제 뒤풀이에 참가하고 있다.

건배를 계기로 분위기가 약간 달아오르기 시작한 공간에서, 총 20명 정도의 멤버들이 파티를 시작했다. 다들 제각기 친한 사람들과 그룹을 지어서, 철판이 여섯 개 설치된 긴 테이블 앞에 앉아 있었다.

"좋았어~! 다들 오늘은 신나게 놀 거지?!"

참고로 운도 지지리도 없게 내 옆에 앉아 있는 사람이 타케이라서, 바로 옆에서 엄청나게 큰 목소리가 들려오고 있다. 내가 눈살을 찌푸렸더니 타케이가 콜라를 마시면서 기분 좋게 나한테 어깨동무를 했다.

"오늘은 뚝돌이 너도 신나게 놀아야지?!"

"타케이, 시끄러."

"너, 너무한 거 아냐?!"

나는 타케이에 대해서는 절대로 봐주지 않게 됐기 때문에, 느낀 그대로 솔직하게 말했다. 좀 너무한 것 같다는 기분도 들지만, 타케이니까 이 정도가 딱 좋겠지.

나와 타케이 맞은편에는 미즈사와 나카무라가 있고, 그 옆에는 타치바나와 하시구치 쿄야 등의 스포츠맨 계열 그룹 멤버들이 줄지어 앉아 있다. 내 왼쪽 옆에는 마찬가지로 스포츠맨 그룹인 마츠모토 다이치가 있는데, 이렇게 보면 이 구역에 있는 사람 중에서 나 혼자만 눈에 띄게 전투력이 낮은 것 같지만, 어패로 따지면 내 전투력이 압도적으로 높으니까 그걸로 비긴 걸로 치자.

"아하하. 토모자키, 타케이한테 너무한다."

옆자리 마츠모토가 말했다. 왠지 아주 친한 척 말을 걸어와서 나는 약간 당황하면서 "그, 그런가?"라고 대답했다. 사실 난 마음의 준비도 안 돼 있는데, 나카무라네랑 같이 다니는 탓에 스포츠맨 그룹 쪽에서도 자연스럽게 받아들이게 된 것 같단 말이야. 친구의 친구는 친구라는 이론은 나한테는 너무 이르니까 적용시키지 말아줬으면 싶다.

긴 테이블 앞에 앉아 있는 멤버들은 어쩌다 보니 남녀가 나뉘어 있고, 나카무라가 이끄는 리얼충 파워 탓인지 이 그룹 근처가 남녀의 경계가 되어 있다. 히나미, 미미미, 카시와자키 양, 세노 양 등을 포함한 히나미 그룹이 타케이 바로 옆에 있고, 거기에 실행 위원장인 이즈미도 있는 형태다.

"유즈도 수고했어~!"

"응! 고마워, 타케이!"

"유즈도 신나게 놀 거지?!"

"으, 응?! 물론이지?!"

내 쌀쌀맞은 대응에도 굴하지 않고, 타케이는 옆자리에 앉아 있는 이즈미한테 의기양양하게 말을 걸었다. 이즈미는 착해서 타케이한테도 제대로 대답해주고 있는 것 같다. 그릇이 정말 크다.

"좋~았어! 오늘은 실컷 마셔야겠지?! 한 잔 추가!"

"그거 음료수거든?!"

콜라 마시고 취해버린 것 같은 타케이한테 이즈미가 한마디 했다.

"오, 뭐야 타케이, 원샷 할 거냐?"

"나한테 맡겨————!!"

타마쿠라가 부추기자 타케이가 신나게 대답했고, 두 사람 옆에 앉아 있는 히나미와 이즈미도 약간 난처하다는 느낌으로 웃으면서 손뼉을 쳤다. 솔직히 말이야, 원샷이라고 했지만 그거 콜라거든. 마신다고 취하기는커녕 혈당치만 올라갈 뿐이라고. 이 녀석들, 대학생이라도 되면 정말 지저분하게 술을 마실 것 같다니까.

"감독님, 완전히 질려버렸네."

갑자기 맞은편에서 목소리가 들려왔다. 그쪽을 봤더니 말한 사람은 미즈사와였고, 나와 눈이 마주치자 빙긋 웃었다.

여전히 수상해 보이는 웃는 얼굴이다.

나도 가볍게 웃어 보이고는 고개를 저었다.

"그러니까…… 저런 분위기는 따라갈 수가 없거든."

"하하하. 그렇겠지."

그렇게 말하고, 미즈사와는 뭔가 눈부신 것을 보는 것 같은 눈으로 타케이네 쪽을 쳐다봤다.

"나도 저런 건 좀."

"미즈사와 너도? 헤에, 의외네."

"그런가? 난 저런 스타일이 아니잖아."

"아…… 뭐 그렇겠네."

미즈사와도 나카무라네 그룹에 소속돼 있으면서, 이럴 때는 은근히 냉정하다니까. 애들처럼 신이 나서 법석을 피우는 모습을 본 적이 없다는 것 같다고 할까, 솔직히 이 그룹에 미즈사와가 없으면 끝도 없이 폭주해버릴 것 같으니까, 딱 좋은 브레이크 역할인 것 같다.

"그나저나 후미야."

"응?"

"——연극. 재미있었어."

"아…… 고마워."

갑자기 진지한 톤으로 말하는 미즈사와의 표정은 왠지 남의 일을 말하는 것처럼 냉정했다.

문화제. 키쿠치 양의 각본으로 공연한 연극은, 객관적으로 생각해도 대성공을 거뒀다.

그 여운은 이틀이 지난 지금까지도 마음속에 남아 있다.

"……그나저나 재미있었어, 라니. 미즈사와 너도 연기자 중 하나였잖아. 그것도 주연."

내가 딴죽을 거는 것처럼 말했더니, 미즈사와가 장난치는 것처럼 한쪽 눈썹을 치켜올렸다.

"뭐, 그렇긴 했지만. 난 어디까지나 각본이 시키는 대로 움직이는 캐릭터였을 뿐이니까."

"캐릭터……란 말이지."

미즈사와 입에서 그런 말이 나오니까 나도 모르게 경계했다.

플레이어의 시점과 캐릭터의 시점.

여름방학 합숙 이후로, 미즈사와랑 얘기할 때마다 따라다니는 이야기다.

"아, 그렇다고 그런 의미에서 캐릭터는 아니거든? 이번에는 오히려 네가 싸운 거니까."

"……그랬, 었지."

나는 더듬거리면서도 그렇게 긍정했다.

아무래도 키쿠치 양이 『이상』을 위해서 자신을 바꾸려고 했을 때, 그리고 그것이 어딘가 헛돌기 시작했을 때. 나는 미즈사와한테 상담을 했고, 망설임에 답을 내리기 위한 커다란 힌트를 얻었다. 그렇다면 아마도, 여기서 말을 흐리는 건 도리가 아니다.

플레이어 시선의 자신을 바꾸려고 하는 미즈사와의 시선

이 없었다면, 난 틀림없이 키쿠치 양의 이상 속에 숨어 있던 감정을 알아차리지 못했을 것이다.

그리고, 그렇기에.

나는 거기에 또 한 마디, 말을 덧붙여야 한다고 생각했다.

"싸웠던 건 —— 키쿠치 양도."

내가 확실하게 말하자, 미즈사와는 감탄했다는 것처럼 웃으면서.

"하긴, 그랬지."

평소처럼 여유 있는 태도로 슬쩍 키쿠치 양 쪽을 봤다. 용기를 내서 자유 참가인 뒤풀이에까지 와준 키쿠치 양은 여자들 쪽 테이블의 구석 쪽에 앉아 있었고, 그 옆에 있는 여자애와 조심스레 말을 주고받고 있다.

"달라졌으니까, 쟤도."

"……그러게."

나는 어째선지 내가 칭찬받은 것처럼 부끄러운 기분이 들어서, 귀 뒤쪽을 벅벅 긁고 말았다.

"그래도 뭐, 잘 됐잖아."

"잘 되다니?"

내가 묻자, 미즈사와는 여유 있는 표정으로,

"최종판 각본을 봤을 때는 어떻게 될까 걱정도 했는데…… 사귀게 됐다는 건, 그 뒤에 어떻게 잘 됐다는 얘기잖아?"

마치 각본 속에 들어 있는 의미를 전부 이해했다는 것 같은 말에, 나는 주눅이 들었다.

연극『내가 모르는 나는 방법』.

나와 키쿠치 양의 인생관이 담긴, 두 사람에게는 아주 특별한 각본.

"저기, 어, 어디까지 알고 있는 거야……?"

"글쎄. 그냥 한 번 떠본 걸 수도 있겠지."

"너 말이야……."

여전히 표표한 미즈사와한테 휘둘리면서도, 나는 조금 더 이야기를 듣고 싶다고 생각했다. 아무래도 나는 아직 그 각본에 대해, 캐릭터에 대해, 결말에 대해── 누구에게도 그 감상을 듣지 못했다.

그 연극을 어떻게 받아들였는지, 단순하게 궁금했다.

"각본, 역시 여러모로 눈치챈 거야?"

"물론이지. 내가 머리가 좋잖아."

"그래, 알았고."

미즈사와의 쓸데없는 자기 자랑을 흘려넘기면서도, 나는 마음이 끌렸다. 이 녀석은 뭐라고 할까, 내가 진지하게 말하는 걸 장난스레 받아넘기기는 해도, 근본적으로 무시하지는 않으니까.

"어떻게 생각했어? ……읽었을 때."

그랬더니 미즈사와는 입꼬리를 끌어올린 채로 아주 잠깐 망설였다.

"뭐~ 그러니까 말이야, 딱 하나 생각한 거라면…… 그 역할을 나한테 시키다니, 후미야도 참 잔인하구나 싶었어."

"자, 잔인?"

생각도 못 했던 말 때문에 깜짝 놀랐다.

"솔직히 말이야, 내가 연기한 리브라가 말이지, 뭐, 아오이랑 사귀게 되는 역할이기는 했지만 말이야."

미즈사와는 보란 듯이 한쪽 눈썹을 치켜 올리면서.

"리브라는, 후미야 너잖아."

"……역시 눈치 챘구나."

이렇게 딱 잘라서 말하면 부정할 수도 없다. 미미미도 눈치챈 것처럼, 『내가 모르는 나는 방법』은 틀림없이 키쿠치 양의 이야기고…… 그리고, 리브라는 나였다.

미즈사와는 그렇지? 라면서 의기양양하게 웃으면서 한숨을 쉬었다.

"넌 알고 있었어…… 정도가 아니라, 들었잖아? 합숙에서, 나랑 아오이가 했던 얘기."

"아, 응…… 미안해."

"아니, 그건 딱히 사과할 필요는 없고."

미즈사와는 슬쩍 히나미 쪽을 보고, 다시 내 쪽을 보면서 말했다.

"그런데, 그런 후미야가 아오이랑 사귀게 되는 얘기를 나랑 아오이한테 연기하라니, 좀 그렇잖아?"

"으……."

"타카히로 군 너무 불쌍해~."

그리고는 놀리는 것처럼 웃으면서 나를 쳐다봤다.

"저, 정말 미안……."

"하하하! 농담이야, 난 신경 안 써~."

그리고 미즈사와는 아무렇지도 않다는 말투로.

"어떤 의미에서는 네가 부러워. 각본이라고는 해도…… 보통 다른 사람의 그런 부드러운 부분까지 파고들려고 하지는 않으니까."

그렇게 말하는 미즈사와의 표정은 왠지 허무해 보였다.

"진심 중에 진심이었다는, 그런 뜻이겠지. ……두 사람 모두."

하지만 그 얼굴 속 깊은 곳에는 뭔가를 쫓고 있는 것 같은 뜨거운 열기가 있다는 기분도 들었다.

나는 거기에 대답하려는 것처럼 내 진심을 털어놓았다.

"서로 정면으로 마주했기 때문에, 사귀게 되는 이유를 찾아낼 수 있었어."

"……그랬구나."

솔직하게 말했더니 역시 미즈사와는 놀리지 않고 들어줬고, 그리고는 나를 빤히 쳐다봤다.

그리고는 다시 표정이 풀어지더니, 약간 편한 톤으로 이렇게 말했다.

"뭐, 아무튼 잘 됐어. 그렇게 진심으로 마주했던 두 사람이 만든 이야기의 마지막이…… 그 두 사람이 사귀지 않는 미래, 라는 결말이었으니까. 한 때는 어떻게 되는 건가~ 싶었다니까."

"거, 걱정하게 해서 미안해."

"최종적으로는 잘됐지만 말이야. 잘했어 후미야. 이것도 다 내 덕분이지만."

"야, 왜 그렇게 되는데."

은근슬쩍 들어간 자기 자랑에는 한마디 하지 않을 수가 없었다. 이것도 만담 연습의 성과인가.

"뭐? 그야 말투도 내 흉내를 냈다고 했었고, 내가 너한테 여러모로 조언도 해줬던 것 같은데 말이야."

"그, 그건 그렇긴 한데……."

내가 난처해하자 미즈사와가 크큭큭, 재미있다는 것처럼 웃었다. 이 자식은 이런 귀찮은 구석이 히나미랑 닮았다니까.

"전부는 좀 심했고, 30% 정도는 내 덕분이겠다."

"부정하기 힘든 퍼센티지를 제시하지 말라고."

나는 이번에도 빈틈없이 딴죽을 걸었다.

하지만 실제로 이런저런 측면에서 생각해보면 전체의 30% 정도는 미즈사와의 도움을 받은 것 같다. 이렇게, 나는 다른 사람한테 신세를 지고 있다.

"뭐, 난 정말로 축복하고 있으니까."

"……그래, 고마워."

그리고 미즈사와는 문득 시선을 다른 곳으로 돌리면서 이런 말을 했다.

"그러니까, 말이야. 오래오래 사귀라고. ……날 위해서도."

"뭐? 그게 무슨──"

내가 무슨 의미인지 물어보려고 했더니,

"──뭐야 뭐야~?! 타카히로, 뚝돌이랑 무슨 얘기 하는데~?!"

갑자기, 옆에서 여자들 그룹과 신이 나서 떠들고 있는 줄 알았던 타케이가, 갑자기 이쪽 이야기에 끼어들었다. 미즈사와는 스위치를 전환한 것처럼 표정을 바꾸고는 타케이 쪽으로 고개를 돌렸다.

"아, 이번 연극 얘기. 정말 감동적이었다는 이야기하고 있었지."

"아~!! 나도 그 이야기하고 싶었는데~! 진짜 좋았거든……."

타케이가 침입하면서, 조금 전까지 감돌던 한 발짝 깊이 들어간 것 같은 분위기가 흐릿해지고 말았다. 날 위해서도, 라는 말이 무슨 뜻인지 조금 신경 쓰였는데 말이야.

하지만 그걸 계기로 근처에 있던 히나미와 이즈미, 미미미 네도 이쪽으로 시선을 돌리고는 대화에 참가하기 시작했고, 덕분에 그 말이 무슨 뜻인지 물어볼 수 없는 분위기가 돼버리고 말았다. 음~ 뭐, 괜찮겠지?

"아, 나도 연극 이야기 하고 싶었는데~! 진짜 좋은 내용이었거든!"

다른 뜻이 없는 것 같은 말투로, 이즈미가 말했다.

"연기 진짜 잘했지?"

"맞아. 아오이는 오히려 좀 무서웠어!"

히나미가 의기양양하게 말하자 미미미가 웃으면서 대답했다. 히나미도 미미미도 그 각본 속에 숨어 있는 내용을 눈치챈 것 같았는데, 다른 사람들 있는 곳에서는 그런 얘기를 하지 않았다.

"아, 그 얘기 할 거면 키쿠치 양도 부르자. 키쿠치 양~!"

"예? 아, 예……!"

그렇게 이즈미가 키쿠치 양까지 불러서, 연극 감상 이야기 쪽으로 분위기가 흘러가기 시작했다.

                    * * *

"난 실행위원이라서 연습에 거의 못 갔었잖아~! 그 풀 컬러가 되는 부분 있었지? 진짜 감동했어!"

"거기 말이지! 키쿠치 양 아이디어였고, 다 같이 열심히 그렸었지?"

이즈미의 솔직한 감상에 히나미가 해설을 추가했다.

그런가 싶더니 카시와자키 양도 약간 흥분해서 거기에 동의했다.

"나도 거기, 울 뻔했다니까! 그거 전부 키쿠치 양이 생각한 거지?!"

"그러니까, 예, 맞아요……."

"진짜 대단해! 잘은 모르겠지만, 프로가 될 수 있을 것 같아!"

"그, 그건…… 고맙습니다……."

리얼충의 솔직한 말로 엄청나게 칭찬해주니까, 키쿠치 양의 목소리가 점점 작아져 갔다. 그런 키쿠치 양에게 세노 양이 "난 어디가 좋았냐면……" 하고 추격타를 날리자, 키쿠치 양의 얼굴은 점점 더 빨개져 갔다.

그런 모습을 보면서, 나는 또 내 일처럼 기뻐하고 있었다.

왜냐하면 나와 히나미, 미즈사와, 미미미는 그 각본의 **숨겨진 의미**를 눈치챘고, 그것까지 포함해서 이야기를 해석했기 때문에, 틀림없이 사람들의 마음을 울릴 거라고 생각했었다.

하지만 카시와자키 양과 세노 양의 감동은── 키쿠치 양의 자아낸 이야기의 속 내용까지 파악하려 들지 않고, 있는 그대로 즐겨줬다는 뜻이었다.

그것은 키쿠치 양의 말이, 세계가. 사정을 전혀 모르는 사람들에게도 전해졌다는 뜻이다.

"미즈사와 군도 연기 진짜 잘했어!"

"하하하. 그냥 해봤더니 되더라고."

"아하하! 재수 없어~!"

그렇게 해서 화제는 각본에서 연기로 넘어갔고, 세노 양과 미즈사와가 신나게 이야기를 나누고 있다. 왠지 세노 양의 눈빛이 나랑 얘기할 때랑 다른 것 같은 기분도 드는데, 이게 잘 노는 남자의 힘인가.

"그런데 말이야. 그거, 깜짝 놀라지 않았어?"

그런 대화를 원래 위치로 되돌리려는 것처럼, 히나미가 말했다. 그 말을 들은 세노 양이 고개를 갸웃거렸다.

"그거라니?"

"──마지막에. 편지 부분."

아무렇지도 않은 말투. 그 말을 듣고 미즈사와 미미미가 움찔, 하고 반응하는 게 보였다. 아마도 난 그것보다 더 크게 반응했겠지.

"마지막이라면…… 아르시아랑 리브라 그거?"

"응."

미미미의 질문에 히나미가 단적으로 고개를 끄덕였다. 다른 뜻이 포함되는 것을 거절하는 것처럼 색이 하나도 없는 톤의 말이, 내 귀에는 부자연스럽게 들려왔다.

숨겨진 의미를 이해하고 있는 사람에게, 그 화제가 가지는 의미는 아주 크다. 왜냐하면 그 장면은 어떤 의미에서는 키쿠치 양이 한 번 나를 거절한다는 의사를 표명했고── 그리고, 히나미와 내가 맺어지는 것이 이상적이라고 생각한, 그런 장면이니까.

"아~ 그거 말이지."

미즈사와가 왜 그러는지 모르겠다는 표정으로 무난하게 맞장구를 쳤다. 미미미는 히나미와 대 얼굴을 번갈아 보면서 아하하~ 하고 웃는 표정을 지었고. 이야기를 어떻게 끌고 가야 좋을지 고민하고 있겠지.

정작 히나미는 가만히 웃으면서 키쿠치 양을 보고 있다.

이 녀석은 왜 여기서 갑자기 마지막 전개 부분 얘기를 꺼낸 걸까.

미미미와 미즈사와가 그 장면의 의미를 이해하고 있다는 건 히나미도 알고 있을 테고, 게다가 당사자인 키쿠치 양과 나도 여기에 있다. 그리고 히나미야말로, 그 장면에 담겨 있던 메시지가 엄청나게 무거울 텐데.

"맞아, 거기! 난 크리스가 좋아서, 마지막에 맺어졌으면 싶었거든."

"정말? 하지만 난 아르시아가 외톨이가 되는 게 너무 불쌍해서, 그게 잘 된 거라고 생각해!"

카시와자키 양과 세노 양이 풍부한 감정을 담아서 말했다. 사정을 모르는 두 사람의 감상 덕분에 분위기가 희석됐고, 그러면서 무겁고 답답한 느낌이 조금이나마 풀렸다.

"그 부분은…… 답을 내리기가 힘들었어요."

키쿠치 양은 두 사람의 감상을 듣고 수줍어하면서도, 그 눈으로 아주 잠깐, 나를 쳐다봤다. 지금 눈앞에 캐릭터의 모델이 된 인물들이 전부 모여 있으니까, 당연히 말하기 힘들겠지.

"하지만 저는, 이야기 속에서는 그렇게 해야 할 것 같다고, 생각해서…… 그렇게 했어요."

"이야기 속에서는, 말이지."

재빨리 끼어든 건 히나미였는데, 그 말에 퍼펙트 히로인으로서의 생각 이외의 다른 뜻이 들어 있는 건지 아닌지, 나는 알 수가 없었다.

　그런데 그때.

　"그런데 말이야…… 분명히, 생각하게 만들기는 했어."

　미즈사와의 시선이 똑바로, 히나미에게 향했다.

　"생각하게 했다니?"

　그 시선을 받아치는 것처럼 마주 보며, 히나미가 물었다.

　그랬더니 미즈사와는 히나미를 빤히 본채로—— 이렇게
말했다.

　"분명히, 그 결말이 옳은 건지도 모른다고, 말이야."

　나는 그 말이 뜻하는 의미를 이해할 수 있었다. 하지만 그
렇게 때문에 어떻게 해야 좋을지를 알 수가 없었다. 왜냐하
면 리브라와 아르시아가 맺어지는 결말이 옳다는 건, 한마
디로——.

　미미미도 망설이는 것처럼 키쿠치 양을 보고 있는데, 정
작 키쿠치 양은 난처하다는 얼굴로 날 보고 있다.

　거기서 입을 연 사람은 히나미였다.

　"음~ 그래? 난 좀 고민했는데."

　"헤에. 왜 고민했어?" 미즈사와가 물었다.

　"그야, 아리시아는 왕녀로서 강해지려고 했던 거잖아?"

　히나미는 확신이 담긴 말투로 그렇게 말했다. 물론 히나
미니까 말투나 톤을 조절해서 전체적으로 모나지 않고 둥그

스름하게 처리했고, 듣는 사람이 불쾌해할 수도 있는 말도 포함되지 않았다.

"그 결말이면, 아르시아가 왕녀로서 누구보다 강하고 옳다는 것이 잘못됐다는 것처럼 보일 것 같다~ 싶어서 말이야."

그런데, 어찌 된 일인지.

"아르시아는 마지막에 리브라랑 맺어졌지만, 아마도 아르시아는 그것 때문에 계속 강하게 있을 수 없게 되는 건 아닐까~ 하고 생각했어."

내 귀에 들려온 그 말은, 키쿠치 양이 그린 아르시아라는 캐릭터를 대놓고 거절하는 것처럼 들렸다.

"……뭐~ 그런 기분도 이해된다!"

카시와자키 양이 히나미의 말에 동조했다.

그 말에 히나미가 밝게 웃어 보이더니 사람 좋은 말투로.

"그렇지~? 하지만 크리스 루트가 정답이냐고 묻는다면 그것도 대답하기 좀 힘들거든. 각본 쓰는 건 참 힘든 일이야!"

"장난 아니다~! 막 상상되잖아!"

그렇게 해서 히나미와 카시와자키 양이 부드럽게 대화를 진행했고, 남겨진 우리들은 스치고 지나간 것처럼 여겨졌던 핵심 같은 무언가를 완전히 놓쳐버리고 말았다.

"그리고 그 비룡 장면은……."

그렇게 대화는 서서히 단순한 감상 쪽으로 넘어갔고, 결말이나 이야기의 의미에 대한 화제는 완전히 끝나버렸다. 아마도 그것이 이 자리에서 행해져야 할 자연스러운 이야기라고 생각하니까, 거기에는 아무 불만 없다.

　하지만 나는 흘러가는 이야기에 참가하면서도, 생각하고 말았다.

　미즈사와의 질문. 히나미의 대답.

　아르시아에 대한, 거절의 말.

　만약에 그 이야기가, 테마가. 히나미에게는 정답이 아니었다면.

　저 녀석의 『이상』은 대체 뭘까?

　　　　　* * *

　수십 분 뒤. 뒤풀이도 후반.

　"수고했어."

　나는 원래 자리로 돌아가서 한숨 돌리고 있는 키쿠치 양에게 다가가서 말을 걸었다. 테이블에서는 몇 번인가 자리가 바뀌었고, 멤버들이 뒤섞이면서 자유롭게 이야기가 오가고 있었다.

　"토모자키 군."

　키쿠치 양은 내 쪽으로 고개를 돌리고는 안심한 것 같은 표정을 지었다. 난 그 표정만으로도 왠지 기뻐서, 저절로 웃는 얼굴이 되고 말았다.

　"피곤해?"

　내가 물었더니 키쿠치 양은 어딘가 흥분한 것처럼 눈을

반짝거리면서 할 말을 찾기 시작했다.

"그러니까……."

마침내 납득한 것처럼 고개를 끄덕이더니,

"피곤하기도 하지만……."

"응."

"정말, 기뻐서."

말하면서, 만족스레 웃었다.

"기쁘다니…… 아, 그렇구나."

그리고 나는 바로 이해했다.

"다들 연극, 기뻐해줬으니까."

"……응."

키쿠치 양은 곱씹는 것처럼, 얼굴을 붉히면서 말했다.

"제가 좋아하는 걸 가득 담았으니까…… 왠지 저 자신이 인정받은 것 같은 기분이 들어서. 정말, 가슴이 두근거려요."

"그렇구나."

나는 미소를 지으면서 키쿠치 양의 이야기를 들었다.

"다른 사람들과 이야기를 나누고, 사이좋게 지내는 게 서툴러도…… 이럴 방법이 있구나, 싶어서."

"……그러게."

나는 천천히 미소를 짓고, 키쿠치 양의 말을 진심으로 긍정했다.

그저 남들만큼 살아가기도 힘든, 이 게임 속에서.

원래는 자기 특기가 아닌 규칙 속에서.

자신을 받아들이게 만들기 위한, 자신만의 싸우는 방법을 찾아냈다는 것은, 그 자체만으로도 엄청나게 아름다운 것이라고 생각했다.

"그래서…… 제가 좋아하는 것들을 재미있게 받아들여 준 우리 반 사람들과도, 조금씩, 친해졌으면 좋겠다고 생각했어요."

"아하하. 그렇구나."

그리고 나는 잠깐 생각한 뒤에.

"그래도 말이야, 무리할 필요는 없으니까."

"무리, 말인가요?"

나는 키쿠치 양을 부정하지 않게 조심하면서 상냥하게 고개를 끄덕였다.

"각본 이야기하던 때도 말했지만…… 모든 사람이, 전부, 주위에 맞춰서 달라질 필요는 없고, 꼭 친구를 만들어야 하는 것도, 아니니까 말이야."

"……응. 고마워요."

키쿠치 양이 상냥하게 미소를 지었다.

"그래도 키쿠치 양이 그렇게 하고 싶다면, 그렇게 하는 게 좋을 거야."

"알겠습니다…… 생각해볼게요."

"뭔가 고민이 있으면 이야기하고."

키쿠치 양은 어째선지 기쁜 것처럼, 그러면서도 진지한 톤으로 고개를 끄덕였고, 그리고는 다시 한번 날 보면서,

"응…… 물론이죠."

어딘가, 응석 부리는 것처럼 말했다.

나는 그 한 발짝 더 다가온 것 같은 말이 기뻐서, 나도 모르게 입가가 풀어지고 말았다.

"아, 맞다."

키쿠치 양은 갑자기 생각났다는 것처럼 말하더니 쑥스러워하면서 날 바라봤다. 그리고는 약간 촉촉해진 눈동자로, 살짝 흥분한 목소리로.

"토모자키 군…… 메리 크리스마스."

"아, 그렇지."

생각해보니, 그렇구나. 오늘은 12월 24일, 크리스마스이브. 그 얘기는, 한마디로——.

겨우 그저께부터 사귀기 시작하기는 했지만, 나와 키쿠치 양이 사귀면서 처음으로 맞이하는 크리스마스이브라는 뜻이 된다.

"응. ……메리 크리스마스."

"……예."

그리고, 그 말을 듣고서야 생각이 났다.

"미안해, 그리고 보니 선물을……."

내가 주로 만화 같은 데서 얻은 지식인『연인들은 크리스마스이브에 선물을 주고받기도 한다』를 바탕으로 미안하다는 말했더니, 키쿠치 양은 아니라고 하면서 고개를 저었다.

"그러니까…… 그걸, 시작한 것도, 이틀밖에 안 됐으니까……."

"그, 그렇구나."

그 시작했다는 말.

그것은 나와 키쿠치 양이 사귀기 시작했다는 뜻으로 한 말일 텐데, 아마도 쑥스러워서 자기도 모르게 숨겨서 말했을 테고, 그걸 알아차린 나한테도 그 쑥스러운 기분이 전염돼서 왠지 낯간지럽기도 하고 안달복달 못 하는 것 같기도 하고.

"저기~."

"으, 응."

서로 알고 있으면서도 왠지 언급하기 힘든 분위기. 아마도 두 사람 모두 경험이 없기 때문에, 이런 때 어떻게 해야 하는지 그 정답을 모르는 것이다.

……그렇다면.

그걸 어떻게든 하는 게 남자의 역할이라는 게 아닐까. 소스는 똑같은 만화지만 말이야.

그렇게 해서 나는, 키쿠치 양을 똑바로 바라봤다.

"저기…… 하지만, 나랑 키쿠치 양은 이제, 사귀는 사이잖아. 앞으로 시간은, 얼마든지 있으니까……."

내가 열심히, 눈을 피하지 않으려고 노력하면서 말했더니, 키쿠치 양은 얼굴을 붉게 물들이고서 고개를 끄덕였다.

"그, 그러네요…… 저기."

"응."

그리고 에잇, 하고 큰마음을 먹은 것처럼 이런 말을 했다.

　"……내, 내년에는 꼭 선물, 주고받아요."

　"뭐."

　키쿠치 양의 입에서 튀어나온 것은 일 년 뒤에도 계속 사귀는 걸 전제로 하는 말이었고, 그 말 때문에, 나는 머릿속이 어지러워질 정도로 가슴이 두근두근 뛰었다. 자, 잠깐만, 어느 정도는 다양한 상황에서 여유 있게 커뮤니케이션을 할 수 있게 됐다고 생각했었는데, 역시 키쿠치 양은 치사해.

　"으, 응."

　그래서 나는 그렇게 대답하면서, 나도 모르게 눈을 피하면서. 거짓말처럼 들리지는 않았으려나, 라고 걱정하면서 다시 키쿠치 양에게 시선을 돌렸더니, 키쿠치 양은 살짝 뚱한 표정으로 날 노려보고 있었다.

　"……에요."

　"응?"

　그리고 키쿠치 양은 얼굴을 붉히면서, 새끼손가락을 내 앞으로 내밀었다.

　"야…… 약속, 이에요."

　머리카락 사이로 날 쳐다보는 촉촉한 눈동자, 그리고 내 앞으로 내민 하얀 새끼손가락.

　그것은 천사의 마법이라기보다, 단순히 멋진 여자아이에 의한 의식이고.

　"응. ……알았어, 약속."

그래서 나는 그 새끼손가락에 내 새끼손가락을 걸어서, 그 어린아이 같은 약속을 주고받았다.

어떻게 된 일일까, 벌써 몇 번이나 손도 잡았는데, 이렇게 맺어진 새끼손가락과 새끼손가락이, 견디기 힘들 정도로 뜨겁게 느껴졌고.

"────!"

서로 아무 말도 하지 않은 채, 얼굴이 빨개진 나와 키쿠치 양은 쭈뼛쭈뼛 손을 거뒀다.

"키쿠치 양, 얼굴, 빨갛다."

"토, 토모자키 군이야말로!"

그리고 우리는 서로 얼굴을 마주 보고는 쿡쿡하고, 조용히, 웃었다.

* * *

그리고 뒤풀이 종반. 떠들썩한 시간은 순식간에 지나가고, 이제 회비를 걷어서 계산하는 일만 남았다.

"화장실 비었어~?"

"응."

화장실에서 돌아온 세노 양과 교대하는 모양으로 이즈미가 화장실에 갔다. 집에 갈 준비도 하고 회비도 낸 사람은 자리에 앉아서 느긋하게 이야기를 나누거나 가게 밖에 나가서 다른 사람들이 나오기를 기다리는 등등, 자유로운 분위기가 감돌고 있다.

가게 안에서는 미미미가 "타마! 나랑 카페 데이트하러 가주세요! 먹고 싶은 게 있습니다!"라면서 타마를 꼬드기기도 하고, 나카무라와 미즈사와가 타케이 신발 끈을 풀면서 노는 등등 평소와 똑같은 광경이었는데──.

그때, 나는 신기한 것을 목격하고 말았다.

"……응?"

내 시선 저편, 여자 화장실 근처에 있는 두 사람의 모습.

거기에 나란히 서 있는 사람은, 히나미와 키쿠치 양이었다.

"흐응……?"

평소에 본 적이 없었던 조합. 그것도 단순히 화장실에서 사람이 나오기를 기다리고 있는 게 아니라, 둘이서 뭔가 중요한 이야기를 하는 분위기다. 뭔가 즐겁게 이야기를 나누는 것 같지가 않고, 두 사람 모두 진지한 표정을 하고 있다.

아까도 연극 이야기 하면서 조금 깊이 들어간 이야기를 했었는데, 그 연장선에 있는 이야기려나. 하지만 히나미가 나 말고 다른 사람한테 저런 냉정한 표정을 보이다니, 정말 별일이라고 생각했다.

그리고 조금 지나서, 이즈미가 여자 화장실에서 나왔다. 두 사람 옆을 지나, 짐이 있는 이쪽으로 왔다.

이즈미는 내가 있는 데까지 와서는 아주 슬쩍 두 사람을 돌아봤고, 그리고는 의아하다는 표정으로 날 보면서 말했다.

"저기, 토모자키. 저기 둘."

"……응? 아, 그래" 그렇게 말하면서, 나도 다시 그쪽을 쳐다봤다. "왠지 신기한 조합이네."

그랬더니 이즈미가 어딘가 걱정된다는 것 같은 말투로.

"저기 말이야, 지금 말이지."

"응."

내가 물었더니 —— 이즈미가 뭔가 이해할 수 없다는 표정으로, 이렇게 말했다.

"왠지 말이야, 키쿠치 양이 아오이한테, 사과했어."

"뭐?"

그것은 또, 생각도 못 했던 말.

"사과했다니, 뭘?"

"나도 몰라. 하지만 내가 지나갈 때 미안해요라고 말하는 소리가 들렸지만, 그렇다고 엿들으면 안 될 것 같다 싶어서 바로 이쪽으로 왔거든."

"……그랬구나."

단지 두 사람이 진지하게 이야기한다는 것만으로도 신기한 일인데, 사과를 했다고……? 내 머릿속에서는 아까 했던 연극에 관한 이야기가 떠올랐지만, 그렇다고 해도 굳이 사과까지 해야 할 구체적인 이유까지는 생각이 나지 않아서, 그저 멍하니 두 사람을 바라볼 수밖에 없었다.

마침내.

"아. 온다."

"그러게."

이야기가 끝난 건지, 두 사람이 나란히 이쪽으로 걸어왔다. 히나미의 얼굴은 아까까지의 진지한 표정에서 많이 풀어져 있고, 딱히 험악한 분위기는 느껴지지 않았다.

그리고 히나미는 아무 일도 없었다는 표정으로 나와 이즈미를 보면서,

"아, 다들 벌써 준비 다 끝낸 거야?"

"으, 응."

아무렇지도 않게 말하는 히나미의 분위기에 휩쓸려서, 나도 고개를 끄덕이고 말았다.

"알았어! 그럼 나갈까."

그리고 의문을 화제로 제시할 틈도 주지 않고, 우리 네 사람은 가게 밖으로 나갔다.

　　　　＊　＊　＊

우리가 가게에서 나왔더니, 예상외로 떠들썩한 분위기가 감돌고 있었다.

"우와아아아아아!! 이거 눈 맞지?!"

타케이가 길로 뛰쳐나가서 부산을 떨고 있다.

"눈……?"

나와 이즈미가 서로 마주 봤다. 그리고 가게 처마 밖으로 나가서 손을 내밀었더니, 거기에는.

"어, 진짜네."

나는 깜짝 놀라면서 손바닥에 떨어진 그것을 봤다.

"뭐야! 진짜 눈이잖아!"

이즈미도 두 손을 들고, 기뻐하는 소리를 질렀다.

"그렇구나…… 그리고 보니, 일기예보에서 그런 얘기 있었지."

그리고 나도 키쿠치 양도, 조용히 하늘을 올려다봤다.

어두워진 크리스마스이브의 하늘. 하얗고 고운 눈이 떨어지고, 번화가의 빛을 반사하면서, 우리를 향해 살포시 내려오고 있다.

"예쁘다."

히나미가 미소를 지으면서 말했다. 그 표정은 상냥했고, 뭔가를 감싸주는 것 같은 자애가 가득 차 있었고.

그것이 가면의 표정인지 민얼굴인지는 여전히 모르겠지만. 가능하다면 이런 때 정도는 진심으로 감동했으면 좋겠다고 생각했다.

키쿠치 양은 멍하니 하늘을 바라보면서 장갑을 낀 손을 손바닥을 위쪽으로 올린 채 앞으로 내밀고 있다. 그 표정은 평소보다 아주 조금 어리고 무구한 소녀 같았다.

마침내 키쿠치 양은 살포시 떨어지는 눈 결정 하나를 살짝 손으로 받아냈다.

"……예뻐요."

그리고는 하얀 입김을 내쉬면서 웃는 얼굴로, 날 봤다.

"응. 그러게."

나도 고개를 끄덕이고 키쿠치 양에게 미소를 지어 보였다.

　지금은 데이트, 를 하는 건 아니지만. 이렇게 키쿠치 양과 처음으로 보내는 첫 크리스마스이브에, 눈이 온다. 이건 틀림없이 그냥 우연이고, 말하자면 인생이라는 게임의 랜덤 인카운트 같은 일인지도 모른다.

　하지만, 어째서일까.

　그때 나는 왠지, 세상이 나를 축복해주는 것 같다는 기분을 느끼고 말았다.

　"──화이트 크리스마스다."

　나는 내 기분을 곱씹는 것처럼, 조용히 중얼거렸다.

　"쌓여라~! 눈싸움하고 싶지?! ……어라, 으어어?!"

　하지만 그런 내 조용한 감성을 때려 부수려는 것처럼 타케이가 큰 소리로 떠들어댔고, 결국 젖은 맨홀 뚜껑에 발이 미끄러져서 화끈하게 넘어졌다.

　"아프잖아?!"

　뭐야 이 자식은, 분위기 다 망쳤잖아.

　"……타케이, 시끄러."

　"너, 너무하잖아?!"

　그래서 나는 또다시, 생각한 것을 그대로 타케이한테 말해버렸다.

　응, 타케이는 어두운 분위기일 때는 편리하지만, 이럴 때는 무지무지 귀찮은 존재야.

　"좋았어. 그럼 이 기세를 타고, 2차로 노래방 갈까."

나카무라가 그렇게 제안하자, 타케이도 거들었다.

"우와?! 좋은데?!"

그리고 두 사람은 뒤늦게 가게에서 나온 우리를 보고는 씩 웃었다.

"니들도 갈 거지?"

"어, 뭐야, 노래방?"

갑작스러운 전개에 내가 깜짝 놀랐더니, 나카무라가 당연하다는 것처럼 고개를 끄덕였다.

"응, 지금."

"그러니까……."

애매하게 말했다. 딱히 거절할 이유도 없고, 오히려 눈이 와서 신이 난 분위기를 생각해보면 그대로 기세를 타고서 가버리는 것도 좋겠다는 기분이기도 했다. 하지만, 지금 내 옆에는 키쿠치 양이 있고, 키쿠치 양이 그런 곳에 가고 싶은지 아닌지 모를 일이다. 솔직히 아마도, 저항을 느끼는 타입일 것 같고. 그렇다면 여기서 키쿠치 양만 놔두고서 갈 수는 없다.

고민하고 있는데, 옆에 있는 이즈미가 주의를 주려는 것처럼 끼어들었다.

"그건 좋은데 슈지, 나도 가고 싶기는 하지만, 시간이."

"뭐?"

그렇게 말하면서, 이즈미가 스마트폰 잠금 화면을 들이밀었다. 시간은 벌써 22시. 참고로 잠금 화면에 누군지는 모르겠지만 엄청나게 몸매가 좋은 외국인 여성의 사진이 있는 게, 나랑은 감성이 전혀 다르다고 생각을 하게 만들었다.

"정말이지…… 딱딱하기는."

"그게 아니라, 너무 늦으면 경찰 아저씨한테 혼나거나 잡혀갈 수도 있잖아!"*

나카무라와 이즈미가 말다툼하고 있다. 왠지 이러고 있으니까 눈을 배경으로 두고 싸우는 못난 남편과 착한 아내처럼 보여서, 평생 그러고 살라는 기분이 든다.

하지만 이즈미 말이 옳은 게, 우리가 사는 사이타마 현에서는 고등학생이 23시 이후에 밖에 돌아다니는 것을 금지하고 있다. 23시가 지나서도 돌아다니면 사이타마 현의 마스코트 캐릭터 코바톤이 잡아간다.

"뭐, 그럼 다음에 가자. 실질적으로 마지막 겨울방학이니까."

그런 두 사람을 중재하려는 것처럼, 미즈사와가 슬쩍 끼어들어서 말했다. 나카무라는 잠시 말이 없다가, 어쩔 수 없다는 것처럼 고개를 끄덕였다.

"에휴. 뭐…… 그럼 그렇게 하자."

"뭐~! 기껏 이렇게 눈도 오는데!"

나카무라가 어쩔 수 없다는 것처럼 납득했지만, 타케이는

---

* 원문은 호도(補導). 일본에서는 비행을 저지르거나 저지를 우려가 있는 청소년에게 경찰이 적절한 조치를 취할 수 있다는 법률, 조례가 있는데, 청소년이 늦은 시간이 돌아다니는 것도 비행이나 그것을 저지를 우려가 있는 행위로 간주하는 경우가 많습니다.

영문 모를 투정을 부렸다.

"뭐야, 노래방이랑 눈은 아무 상관도 없잖아."

"그, 그건 그렇긴 하지만 말이야……."

나카무라가 그렇게 말하자, 타케이는 크으윽, 하고 할 말을 잃었다. 타케이는 일단 납득하면 이렇게 얌전히 자기 뜻을 굽힐 줄 아니까 미워할 수가 없다.

그리고 나는 슬쩍 키쿠치 양을 봤다. 나카무라네는 히나미와 이즈미, 미미미 등까지 모여서 언제 노래방에 갈까 같은 이야기를 하고 있는데, 과연 키쿠치 양이 그런 곳에 가고 싶어 할까.

"……어떻게 할 거야?"

"예, 예에?"

"키쿠치 양도 노래방, 가고 싶어?"

나는 작은 소리로 키쿠치 양에게 물었다. 그랬더니 키쿠치 양은 아주 잠깐 망설인 뒤에, 날 똑바로 바라보면서, 이렇게 말했다.

"그러니까. 저는 여러 사람이랑 어울리는 걸 잘 못해서…… 사양할게요."

그것은 권유를 거절하는 말이었지만, 결코 차가운 느낌은 아니었다.

"응. 그렇구나."

"예. 하지만, 그렇게 연극도 재미있게 즐겼다고 해주신 분들은…… 정말 좋아요."

"······알았어."

그래서 나는 빙긋 웃고, 키쿠치 양의 뜻을 받아들였다.

그건 틀림없이 거절이 아니라 서로 사는 방식이 다른 것 뿐이고── 모든 사람이 한 가지 분위기에 물들 필요는 없다는, 상냥한 말이었으니까.

"토모자키 군은 가서, 즐겁게 보내세요."

"그래도 되겠어?"

내가 물었더니 키쿠치 양은 고개를 끄덕였다.

"예. 왜냐하면 저분들은, 토모자키 군에게 소중한 존재잖아요?"

"······그러니까, 응."

나는 직설적인 말을 듣고 쑥스러워하면서도 진심으로 대답했다.

"그렇다면, 그 시간도 즐겁게 보내주셨으면 싶어요."

그리고 빙긋 웃고는 이렇게 덧붙였다.

"그리고 또── 멋지고 즐거운 이야기를, 잔뜩 들려줬으면 싶어요."

상냥한 목소리로 말하는 키쿠치 양의 얼굴은 너무나 환한 표정이었다.

"응. 알았어."

그래서 나는 키쿠치 양을 똑바로 보면서 고개를 끄덕였다.

"······푸억?!"

그때, 갑자기 내 얼굴에 뭔가 엄청나게 차가운 게 날아왔다.

깜짝 놀라서 고개를 돌려봤더니 거기에는 입을 한껏 크게 벌리고 웃는 타케이가 있었고, 내 얼굴과 옷에 묻은 차가운 것을 만져봤더니, 그건 눈이었다. 그 얘기는, 한마디로 그거다.

"이 자식…… 그냥 안 둔다."

말하면서 타케이를 노려보고, 반격하기 위해서, 잘 녹지 않는 곳에 조금씩 쌓이기 시작한 눈을 모아서 눈 덩어리를 만들었다. 한 방 맞으면 두 방으로 갚아준다. 그렇게 보다 많은 리턴을 차지해가는 것이 격투 게이머의 방식이다. 맞기만 하고 끝날 수는 없다.

"오?! 뚝돌이 너 해보자는 거냐?!"

"내가 어패만 잘하는 게 아니라 FPS도 그럭저럭하거든. 내 에임 실력을 얕보지 말라고."

"무슨 소리인지는 모르겠지만, 해보자~!"

그런 나와 타케이의 추한 말다툼을, 이즈미가 질렸다는 표정을 하고서 보고 있다.

"아~ 진짜. 남자들은 죄다 어린애라니까."

그리고 그 옆에서는 키쿠치 양도 우리를 보면서 쿡쿡 웃고 있다.

* * *

그 뒤로 십여 분 뒤.

"하하…… 한 방 먹었네."

나와 키쿠치 양은 큰길에서 계단을 타고 조금 내려온 곳에 있는 편의점 앞에 서 있다.

조금 전까지 다른 친구들이 있었고, 나는 타케이랑 추한 싸움까지 했었는데 —— 지금은 단둘, 뿐이다.

"후후. 그러게요."

굳이 내가 단둘이 있고 싶어서 이렇게 된 게 아니다. 구석에 쌓인 눈을 모아서 시작했던 영문 모를 눈싸움에서 패배한 뒤에, 어째선지 실실 웃고 있는 미즈사와와 이즈미 등의 부추김에 넘어가서 시키는 대로 편의점에서 핫 코코아를 샀더니, 어느샌가 이렇게 됐다.

아마도 화이트 크리스마스라는 보기 드문 상황이니까 알아서 잘 해봐라, 같은 느낌으로 단결했던 것 같다.

쓸데없는 짓이나 하고 말이야, 라는 생각을 하면서도, 이 상황에서 키쿠치 양과 단둘이 있게 됐다는 사실을 기뻐하고 있으니, 나도 참 치사한 인간이다.

"다들, 즐거운 사람들이네요."

"응? 뭐, 그 녀석들은 그냥 놀리는 게 재미있어서 그런 것 같은데……."

"……그러게요. 하지만, 그렇다고 해도 말이죠."

키쿠치 양은 웃으면서 하얀 숨을 내쉬고, 복슬복슬한 장갑을 입가에 댔다.

오오미야 미나미긴자도오리. 눈이 내리는 번화가에 서 있는 키쿠치 양은 어딘가 세상과 동떨어져 보이고. 하지만 그러면서도, 틀림없이 땅에 발을 딛고서 서 있고. 요정이나 천사 같은 분위기라기보다는, 그냥 신비하고 아름다운 여자애였다.

"그럼…… 역까지 걸어갈까."

"……응."

그렇게 해서 나는 키쿠치 양과 걷는 폭을 맞추면서 한 걸음 앞으로 내디뎠다.

연말이 가까워지는 시기의 차분한 분위기. 크리스마스이브의 들뜬 분위기가 뒤섞여 있는 오오미야 시내는 평소와 조금 다른 분위기였고. 하늘을 장식해주는 하얀 눈은 조금씩 기세가 더해갔다.

"대단하다…… 정말 쌓일 것 같네요."

"그럴지도 모르겠네."

하늘에서 내려와 땅바닥에 떨어진 눈은, 아스팔트에 닿자마자 녹아서 사라졌다.

하지만 세워져 있는 자전거 안장, 자동판매기 옆에 있는 쓰레기통, 역 앞에 심어놓은 나무나 풀. 그런 것들 위에는 조금씩, 눈이 쌓이기 시작했고.

이대로 가면 밤이 지나고 아침이 찾아왔을 무렵에는 눈이 온 시내를 뒤덮을지도 모른다.

"크리스마스에…… 단둘이, 네요."

"어, 으, 응."

갑자기 찾아온 키쿠치 양의 열기가 담긴 말에, 나는 순간적으로 얼굴이 뜨거워졌다.

"죄송해요, 갑자기……. 하지만, 너무 기뻐서……."

"그, 그래. 저기, ……나도 기뻐."

그건 어색한 말이었지만, 아마도 서로의 거짓 없는 감정이다.

성스러운 밤에 연인 둘이서, 눈 내리는 밤거리를 걷는다.

그것은 틀림없이 나한테 있어 너무나 특별한, 인생에서 처음으로 겪어보는 크리스마스이브. 그저 걷기만 해도 행복해지는 것 같은, 어딘가 쑥스럽고, 그러면서도 만족스러운 시간이었다.

"……떠들썩하네요."

"응."

여기저기 가게에서 흘러나오는 크리스마스 노래. 기분 탓인지 커플들이 많은 것 같은 길가는 사람들. 지금까지는 그런 것들을 보면서 고독을 느꼈지만, 지금의 나는, 그 들뜬 분위기조차 즐겁게 느낄 수 있었고.

그래서일까. 약캐인 내가, 이런 아이디어를 실행하고 싶어졌다.

"저기, 잠깐만 기다려봐."

그리고 나는 초목 위에 쌓이기 시작한 눈을 모아서 손으로 모양을 만들기 시작했다. 아까 타케이랑 눈싸움하면서 몇 번이나 만들었던 것보다, 아주 조금 꼼꼼하게.

"……토모자키 군?"

둘이서 이 성스러운 밤의 길을 걸으면서, 생각난 것이다.

분명히 사귀기 시작한 건 이틀 전. 아무것도 준비하지 못한 건 어쩔 수 없는 일이지만.

역시 오늘 같은 날에 아무것도 선물하지 않는 건, 쓸쓸한 기분이 든다.

그래서 나는 눈을 모아서 손바닥보다도 작은 구체를 두 개 만들었다. 여기까지 왔으면 키쿠치 양도 내가 뭘 하려고 하는 건지 알았겠지. 아까 타케이와 눈싸움을 하면서 이 아이디어가 떠올랐기 때문에, 난 태어나서 처음으로 타케이한테 고마워해야 할지도 모른다.

나는 그 두 개를 세로로 겹치고, 손바닥에 얹어서 키쿠치 양을 향해 내밀었다.

"저기…… 이, 일단은, 크리스마스 선물……?"

나는 자신 없게 말했다.

손 위에 살짝 얹어놓은 못생긴 그것은, 작은 눈사람.

둥글게 뭉치기만 해서 눈도 입도 없이 달걀귀신처럼 생겼지만, 일단 눈사람이라는 건 알아볼 수 있을 것이다. 왜냐하면 아래쪽이 크고 위쪽이 작은 구체니까.

키쿠치 양은 그걸 빤히 쳐다봤고, 조금 지나서 피식 웃더니 그것을 살짝 집어서 자기 손 위에 얹었다. 그리고는 나한테 손짓을 하더니, 나무 뿌리 쪽에 가서 웅크리고 앉았다.

"이것도, 붙여줄까요."

장갑을 벗은 키쿠치 양이 땅바닥에 떨어져 있던 작은 씨앗 같은 것을 집었다. 그리고는 천진난만하게, 신나게 웃더니, 내가 만든 그 눈사람한테 그 씨앗 두 개를 붙여줬다.

"……아, 눈이 생겼네."

"후후. 맞아요."

완성된 것은 울퉁불퉁 못생긴 몸에 크기가 다른 씨앗이 두 개 붙어 있는, 손으로 만들었다는 느낌이 넘쳐나는 작은 눈사람. 아무리 봐도 완성도가 너무 낮아서, 그리고 어째선지 빤히 쳐다보면 묘하게 웃겼다.

"뭐야 이거, 되게 못생겼다."

"그래도, 귀엽잖아요."

"……그러게."

그리고 나와 키쿠치 양은 서로 얼굴을 마주 보면서 웃었다. 엄청나게 칠칠맞은 짓을 하고 있을 뿐인데, 이 1분 1초가 더할 나위 사랑스럽고.

바라기를, 이 멋진 시간이 언제까지고——.

"……저기."

그래서 나는, 이런 제안을 했다.

"기념으로 사진, 찍을까?"

이 시간을 잘라내서, 보존하기 위해서.

"응. 찍고 싶어!"

신나는 목소리로 대답한 키쿠치 양은, 달리 뭐라 표현할 방법이 없을 정도로 여자아이였다.

"잘됐다. 자, 그럼……."

나는 인스타그램 과제 때 배운 카메라 사용 방법을 활용해서 재빨리 촬영 준비를 했다.

"좋았어. 그럼 찍는다~."

"아, 예!"

그리고 나는 키쿠치 양과 눈사람과 내가 같이 찍힌 사진을 찍었다.

"……좋았어. 안 흔들렸다."

"……? 그러네요."

왠지 흔들리는 게 당연하다는 것 같은 내 말에 키쿠치 양이 살짝 놀랐지만, 그건 됐다. 아무튼 잘 찍어서 다행이다.

"그럼, 나중에 보내줄게."

"으, 응……!"

그리고 나와 키쿠치 양은 다시 역을 향해 걸어갔다.

"아. 얘는…… 전철에는 못 태우겠네요."

키쿠치 양이 아쉽다는 것처럼 말했다.

"아하하. 아쉽지만, 어쩔 수가 없네."

아무래도 집에 데려갈 수는 없으니까, 우리는 둘이서 만든 눈사람을 나무 밑에 살짝 앉혀 놨다. 그리고 다시 얼굴을 마주 보고, 둘이서 살며시 손을 흔들었다.

그리고 우리 둘은 오오미야역에 도착했다. 여기서, 즐거웠던 두 사람의 시간이 끝난다.

"저, 저기!"

큰마음 먹은 것 같은 목소리에 고개를 돌려보니, 키쿠치 양이 촉촉한 눈으로 날 보고 있었다.

"다음엔, 언제 만날 수 있을까요……?"

"그러니까……."

그건 다른 사람들이랑 있을 때와 또 다른, 열기가 담긴 목소리와 표정이었고.

"다음엔…… 둘이서만 만나고 싶어서. ……지금처럼."

키쿠치 양은 어딘가 응석을 부리는 것처럼, 나에게 부탁하는 것 같은 표정으로 고개를 끄덕이고 있었다.

안 그래도 그냥 보기만 해도 쑥스러워지는 키쿠치 양이 그런 눈으로 날 쳐다보니까, 도저히 말이 나오질 않았다.

"그러니까…… 자, 잠깐만 기다려봐."

나는 그 시선에 마음이 녹아버리는 기분을 맛보면서도, 스마트폰 달력을 보면서 최대한 가까운 날짜 중에서 비어 있는 날을 찾았다.

왜냐하면 나도 금세 만나고 싶어질 게 뻔하니까.

"……모레나, 그다음 날."

"그, 그럼, 모레!"

키쿠치 양이 신이 난 목소리로, 조급해하는 것처럼 내 제안을 받아들였다.

"아하하. 알았어"라고 말한 뒤에, 생각이 났다. "……아."

그 목소리에 키쿠치 양이 살짝, 고개를 갸웃거렸다.

달력을 보고 생각이 난 것. 그것은.

"새해 첫날, 괜찮은데……."

그리고 나는 최대한 자연스럽게, 자신을 갖고서 그렇게 말했다. 왜냐하면 그것은, 내가 하고 싶은 일이니까.

"새해 참배, 같이 가자."

"가고 싶어!"

키쿠치 양은 망설임 없는 목소리로 대답하고는 고개를 끄덕였다.

"아하하……. 그럼…… 모레 말고, 설날로 할까?"

키쿠치 양의 시간을 너무 많이 빼앗으면 미안할 것 같아서 그렇게 제안했더니, 키쿠치 양은 "어"라고 말하면서 숨이 멎었고, 표정이 가라앉았다.

"응?"

"저기…… 그게."

그리고, 한참 동안 뭐라 말해야 할지 고민하더니, 키쿠치 양은 얼굴을 빨갛게 물들이고서 촉촉한 눈으로 날 바라봤다.

"……둘 다, 만나고 싶어요."

그건 너무나 노골적인 반칙이라서, 그렇게 말하면 나는 더 이상 아무 생각도 할 수 없게 돼버린다.

"아, 알았어. 둘 다. ……모레랑 새해 첫날 전부, 만나자."

완전히 마음을 빼앗기면서 말했더니, 키쿠치 양은 고개를 숙인 채 열기가 담긴 톤으로.

"……응. 기뻐요."

"으……. 나, 나도."

서툴게, 서로의 감정을 공유했다.

단순히 다음 약속을 잡는 것뿐인데 이렇게나 마음이 움직이다니. 그것은 그야말로 회색과 상당히 거리가 먼, 너무나 선명한 순간이었고.

이 사진과 추억이 틀림없이, 나한테 더할 나위 없을 정도의 크리스마스 선물이 됐을 거라는, 그런 생각까지 하고 말았다.

　　　　* * *

그리고 둘이서 개찰구를 통과했다. 키쿠치 양과는 전철 노선이 달라서 여기서 헤어지게 된다.

"그럼…… 또, 연락할게."

"으, 응."

두근거리는 마음을 품은 채, 나는 키쿠치 양의 뒷모습을 바라보며 배웅했다.

그리고 혼자서 사이쿄선 승강장으로 갔다. 오늘 하루 동안에 있었던 일들이 머릿속에서 되살아나면서 왠지 몸이 둥실둥실 떠오르는 것 같고 신이 나기도 하며, 그러면서도 조금 쓸쓸하기도 하고.

승강장 계단을 내려가서 열차 시간표를 확인했다. 이제 몇 분만 있으면 내가 탈 전철이 출발한다는 것 같다. 나는 아직도 둥둥 떠다니는 기분을 가슴에 품은 채로 전철에 탔다.

출발한 전철 창밖으로 보이는 것은 눈이 내리는 오오미야 시내.

그때 갑자기 생각난 것은, 이즈미가 했던 말.

——『왠지 말이야, 키쿠치 양이 아오이한테, 사과했어』.

결국 키쿠치 양이 히나미와 무슨 얘기를 했는지는 물어보지 못했다. 그 낯간지러운 분위기를 망가트리고 싶지 않았고, 무엇보다, 그건 내가 건드려서는 안 되는 영역인 것 같다는 기분이 들었으니까.

한참 동안 전철을 타고 달려서 키타요노역에 도착했다. 개찰구를 빠져나와서 집으로 가는 길을 천천히 걸어간다.

그런데, 그때.

"아."

갑자기 스마트폰에서 알림 진동이 울렸다. 주머니에서 꺼내고 화면을 봤더니, 키쿠치 양이 보낸 LINE 메시지가 들어와 있었다.

나는 망설이지도 않고 LINE 앱을 열었다.

『오늘은 정말 고마웠습니다.

왠지 기쁘고, 멍 하고, 정말 즐거웠어요.

둘이서 이야기할 때, 다음에 만날 약속했을 때.

정말로 토모자키 군과 사귀고 있구나, 라는 실감이 들어서, 정말 두근거렸어요.

　모레랑 새해 첫날. 정말 기대하고 있어요.』

　그저 그 메시지를 봤을 뿐인데, 그 자리에서 몸을 배배 꼬면서 주저앉고 싶어졌다. 솔직히 이런 거, 너무 치사하잖아.

　"~~!"

　혼자서 걸어가는 키타요노의 밤거리는 쌀쌀했지만, 내 손안에 있는 키쿠치 양이 보내온 문장과 두 사람이 찍힌 사진은── 핫팩 따위보다, 훨씬 따뜻했다.

2

이름 없는 꽃

"콰앙~."

"아~! 아오이 언니 치사해~!"

"하나도 안 치사하거든~."

작은 어린아이 방에 천진난만한 목소리가 울린다.

낡은 게임기가 연결된 TV 앞에는 초등학생 여자애들이 세 명. 화면 안에서는 선글라스를 낀 도트로 그린 돼지 캐릭터가 날아다니면서, 서로 광선총을 쏴대고 있다.

컨트롤러를 잡고 있는 사람은 아오이와 나기사, 그 모습을 보고 있는 건 키가 제일 작은 하루카다.

"삐융~."

그렇게 말하면서 손가락을 재주도 좋게 움직이자, 아오이가 조작하는 돼지 캐릭터 부잉이 폭탄을 가볍게 피하고는 나기사를 향해 정확하게 에너지 탄을 날렸다.

"아~~!! 나기사 언니 죽었다~!"

"후후후~ 이 정도야 우습지."

"또, 또 졌어……."

아오이는 컨트롤러를 내려놓고 승자의 미소를 지었다. 패배한 나기사는 분하다는 것처럼 입을 삐죽 내밀고서 멍하니 컨트롤러만 보고 있었지만, 바로 힘차게 입을 열고서 말했다.

"한 판 더!"

"뭐~? 아무리 해도 똑같거든~?"

"안 똑같아! 다음엔 이길 거야!"

나기사는 아무런 근거도 없이 힘차게 선언하고는, 진지한 눈으로 컨트롤러를 잡았다.

"정말이지, 어쩔 수 없다니까~."

아오이는 일부러 놀리는 것처럼 그렇게 말하고는, 여유 있는 표정으로 컨트롤러를 바로 잡았다. 하루카는 기대에 가득 찬 표정으로 나기사를 봤다.

"힘내, 나기사 언니! 아오이 대마왕을 해치워!"

"오케이~! 나한테 맡겨!"

"뭐야?! 나 대마왕이야?!"

나기사와 하루카가 놀렸지만, 아오이는 깔깔 웃었다.

게임을 다시 시작하자, 아오이는 또다시 정확하게 손가락을 움직였다.

"으…… 역시 세다니까."

화면 안에서는 돼지 두 마리가 정신없이 뛰어다니고, 총알을 맞히고, 피하고, 상대의 체력을 깎아내고 있다.

나기사가 아까와 똑같은 타이밍에 폭탄을 날렸다. 아오이는 그걸 피하고, 그 틈을 이용해서 나기사에게 총알을 명중시켰다.

"후후후, 겨우 그거야?"

하지만 그때, 나기사가 대담하게 웃었다.

"진짜는. ……이거!"

"어."

아오이의 총알이 명중하기 직전, 나기사가 두 번째 폭탄을 발사했다. 폭탄은 아오이의 총알을 지워버리면서 똑바로 날아갔고—— 아오이의 부잉에게 명중했다.

"으아~~~!"

폭탄을 맞은 부잉은 화면에서 사라져버렸다. 그리고는 나기사가 승리했다는 화면이 표시됐다.

『귀신처럼 정확! 귀정!』

나기사가 조작하던 색이 다른 부잉이 포즈를 취하면서 말했다.

"이겼다~! 어때? 내가 이겼지~."

"우와! 나기사 언니 세다!"

"하루카도 응원해줘서 고마워!"

"크, 으윽……."

아오이는 감정을 있는 대로 드러내면서 눈살을 찌푸렸고, 어린애답게 분하다는 소리를 흘렸다. 나기사는 입을 크게 벌리고 웃으면서, 돌격하는 것처럼 아오이한테 매달렸다.

"에잇~!"

"뭐, 뭐야 나기사."

아오이는 당혹스러워하면서도 나기사를 안아줬고, 등을 쓰다듬어주면서 씁쓸하게 웃었다.

"아오이 언니!"

"응?"

그리고 나기사는 아오이의 품 안에서 활짝 웃으며, 이렇게 말했다.

"재미있다!"

그것은 그 어떤 장식도 거짓도 필요 없는, 솔직한 그대로의 말이었고.

"응. 그러게!"

그래서 승부에 진 아오이도, 거기에 호응하는 것처럼, 진심으로 빙긋 웃었다.

＊ ＊ ＊

"_____."

세키토모 고등학교 문화제 뒤풀이 겸 크리스마스 파티가 끝나고 돌아가는 길에.

히나미의 머릿속에 오래된 기억이 떠올랐다.

그것은 나기사도 하루카도 있던 시절에, 작은 아이들 방이 넓게 느껴지던 어린 시절의 기억이다.

아오이는 흔들리는 야간 전철 안에서, 오랜만에 사고가 정체되는 감각을 느꼈다.

이 타이밍에서 갑자기 생각난 이유는, 당연히 알고 있다.

키쿠치 후카가 쓴 연극 각본과 수십 분 전에 뒤풀이 장소에서 주고받은 이야기.

거기에 그려진 감정이, 날아온 말이.

히나미가 오랫동안 잠재워뒀던 흔들림 중에 하나를, 천천히 파냈다.

창밖으로 보이는 밤의 오오미야에 눈이 조용히 내리고 있다. 시간을 들여서 시내의 얼굴을 아름다운 순백색으로 화장해줄 그것이, 어딘가 가면처럼 느껴지기도 했고.

아오이는 그런 밤거리를 바라보면서. 또는 어렴풋이 비치는 자신의 모습을 찾으면서.

"······상관없어."

숨을 고르고, 조용히 말했다.

그것은 자기 자신에게 하는 말이기도 했고, 세상을 향해 선언하는 말이기도 했다.

어쨌거나, 히나미의 말에 담겨 있는 것은 난폭하게 두드린 쇠처럼 일그러진 강도였다.

그리고── 아오이의 마음속에서 파내진 기억은, 또 하나.

아오이의 패배, 그리고 결의였다.

* * *

초여름.

중학교 3학년의 히나미 아오이는 어떤 감각을 느끼면서── 망설이고 있었다.

"오, 이번에도 1등이구나."

그녀의 담임인 40대 중반의 남성 교사, A4용지 정도 크기의 성적표를 건네주며 만족스러운 미소를 지었다. 기뻐하는 교사의 얼굴에서는 그것이 자신의 공이라고 생각하며 자랑스러워하는 것 같은 감정까지 느껴졌다.

"아하하. 고맙습니다. 다음에도 하면 좋겠네요."

아오이는 일부러 부드럽게 웃어 보이며, 그 종잇조각을 받았다. 과목별로 몇 가지 점수가 일람 형태로 적혀 있는 종이의 제일 아래쪽에 적혀 있는 것은 『1/154』라는 숫자다.

오오미야 외곽에 있는 공립 중학교. 그 학교의 같은 학년 중에서 기말고사 종합 최고 득점이 가장 많다는 것을 의미하는 그 숫자는, 그녀가 걸어온 과정을 무기질적이면서도 단적으로 긍정해주고 있었다.

"뭐, 라이벌은 많으니까. 방심하지 말고."

"그러게요. ⋯⋯열심히 하겠습니다."

표정을 바꿔서 다부진 얼굴을 보였지만, 사실은 거의 확신하고 있었다.

이것은 그녀에게 있어 연속으로 세 번째인 1등. 이미 요령은 파악했으니까, 같은 일을 계속해나가기만 하면 틀림없이 다음에도 1등을 할 수 있을 거라고.

"기껏 연속 1등이니까."

사실 그녀는 중학교 1학년 때까지는 지극히 평균── 아니, 그보다 조금 아래에 있는 평균 이하의 학력이었다. 하지만 시간을 들여서 서서히 위로 올라갔고, 결국에는 그 정점, 1등까지 도달했다.

그 노력은 눈에는 보이지 않지만 재현이 가능한 체험으로서, 그녀의 마음속에 뿌리내리고 있다.

"열심히, 지켜보겠습니다."

"그래. 기대하고 있다."

하지만, 그렇기 때문에.

그녀는 조금씩, 거기에 관한 관심을 잃어가고 있었다.

"……지킨단, 말이지."

"응? 뭐라고 했냐 히나미."

"아, 아뇨. 아무것도 아니에요. 정말 고맙습니다."

──왜냐하면 이 영역에서는, 더 이상 **증명**할 일이 없으니까.

＊　＊　＊

같은 날 오후 여섯 시 반. 체육관에 있는 농구 코트.

아오이는 두 줄로 서 있는 농구부원들 앞에 당당하게 서서 진지한 표정을 짓고 있다.

"자, 오늘은 여기까지. 대회도 얼마 안 남았으니까, 다들 다치지 않게 조심하고."

여자 농구부 부장을 맡고 있는 그녀는 부원들을 보며 자신 있게 웃었고, 마침내 시선을 빙 돌려서 한 사람, 한 사람의 얼굴을 봤다.

인원은 다 해서 서른 명 정도려나. 부원들은 하나같이 진지한 표정으로 아오이를 보고 있었고, 시선이 마주칠 때마다 아주 조금 몸이 긴장됐다. 그런 것들은 전부, 그녀가 만들어놓은 분위기다.

아오이는 부원들의 얼굴을 보고 만족했다는 것처럼 고개를 끄덕이더니, 갑자기 한눈에 봐도 알 수 있게, 부드러운 표정을 지었다.

"……모두들, 고마워. 잘 따라와 줘서."

"아오이……?"

줄 중앙에 있던 부부장 요코야마 치나미가 아오이의 표정 변화를 보고 놀라면서 이름을 불렀다.

"응. 그러니까, 말이야. 슬슬…… 뭐 사실 대회는 아직 한 달이나 남았지만, 지금 말해두고 싶어서."

아오이는 쑥스러워하는 표정을 지으면서 고개를 숙였고, 다른 사람들에게는 아주 슬쩍 보이는 각도인 상태로 살짝 수줍은 표정을 짓더니, 다시 고개를 들어서 앞을 봤다.

"나, 최근 1~2년 동안, 엄청나게 설쳤다고 할까…… 너무 내 고집을 부렸잖아? 너희들한테. 갑자기 힘들게 연습하기도 하고, 말도 안 되는 목표를 잡기도 하면서, 말이야."

"그런 거……."

"맞아." 아오이는 요코야마의 말을 자르고, 그러면서도 부드럽게 말했다. "정말, 감사하고 있어."

아오이는 느릿한 동작으로 발밑에 굴러다니던 농구공을 집어 들었고, 그것을 몇 번인가 바닥에 튕겼다. 탕, 탕, 기분 좋은 소리가 일정한 리듬으로 코트 안에 울렸고, 농구부원들의 고막을 울렸다.

아오이가 두 손으로 부드럽게 감싸는 듯이 공을 붙잡자, 코트는 다시 조용해졌다. 어느새 농구부원들의 시선은 아오이에게 집중돼 있다. 반복되는 리듬과 소리가 사람들의 의식을 끌어들인다는 것을, 그녀는 알고 있다.

"처음에는, 말이야. 불안했어."

"……불안?"

그 아오이답지 않은 약한 발언은, 부원들의 감정까지도 끌어들였다.

"잘 해야 간신히 현 대회까지 진출하던 우리 중학교가, 갑자기 전국을 목표로 하다니…… 솔직히 바보 같다고 생각할 것 같다, 싶어서."

아오이는 더듬더듬, 진심을 털어놓는 것처럼 들리는 톤을 만들면서, 말을 이어갔다.

"그래도 말이야. 다들 믿어줬잖아. ……내가, 진심이라는걸."

아오이는 또다시, 천천히 수줍은 표정을 지었다. 하지만 이번에는 아까보다 아주 조금 감정적으로, 감사하는 것 같은 뉘앙스를 담아서.

"나, 모두가 없었다면, 이미 오래전에 좌절했을 거야."

힘없고 기어들어 갈 것만 같은 표정. 자애까지 느껴지는, 상냥한 동작. 줄지어 서 있는 농구부원들은 그 말에 깜짝 놀랐고── 정신을 차려보니 누가 시키기라도 한 것처럼, 제각기 자기 마음을 토로하고 있었다.

"그……그건 아오이가, 누구보다 열심히 했기 때문이야."

"맞아요. 아오이 선배가 없었으면 저희는 이렇게까지 열심히 못 했어요!"

"저도……! 히나미 선배랑…… 노, 농구를 할 수 있어서! 다행……."

동급생과 후배들은 진심을 흘리고, 결국은 울음까지 터트리는 사람까지 나왔다. 아오이는 미소를 지으며 그 사람들을 둘러봤고, 천천히 고개를 끄덕였다. 그리고 딱 한순간 고개를 돌리고는, 눈물을 닦는 것 같은 제스처를 보였다.

다시 앞을 봤을 때, 아오이의 표정에 눈물의 흔적은 없었다.

아오이는 요코야마와 눈을 마주치더니 들고 있던 농구공을 살며시 패스했다. 아오이가 던진 그 공을, 요코야마가 확실하게 받아냈다.

"모두가 있었기 때문에 여기까지 올 수 있었다고 했는데…… 이걸로 끝이 아니야. 앞으로도 그럴 거잖아?"

아오이는 다시 요코야마와 눈을 마주치고, 두 손을 들어서 가슴께에 댔다. 고개를 끄덕인 요코야마가 던진 공이 다시 아오이의 손으로 들어갔다.

그리고 그 공을, 다시 2학년 카가미에게 패스했다.

"모두의 힘이 있어야, 1위를 차지할 수 있어."

"……1위."

당연하다는 것처럼 나온 말. 그것이 대체 어떤 규모에서의 『1위』를 뜻하는 걸까. 부원들은 그 말 자체는 이해했지만, 아직 실감하지는 못하고 있었다.

아오이가 다시 두 손을 들었고, 카가미가 공을 다시 아오이의 손을 향해 패스했다. 마치 의식 같은 동작. 하지만 이것들은 전부, 그녀가 하겠다고 결정했던 퍼포먼스다.

"나 말이야. 진심이야."

히나미는 고개를 끄덕이고, 오른손을 운동복 주머니에 집어넣었다.

"이거, 뭔지 알아?"

말하면서, 아오이는 작은 종잇조각을 꺼냈다. 농구부원은 망설이는 것처럼 그것을 봤고, 마침내 서로 얼굴을 봤다.

"어…… 그러니까."

대답이 돌아오지 않는다는 걸 알고, 아오이는 아무렇지도 않은 투로 말했다.

"내 올해 성적표. 오늘, 기말고사 결과 나왔잖아?"

그리고 아오이는 다시, 요코야마 쪽을 봤다.

"요코. 나 말이야, 1학년 때는 공부 잘 못했었잖아?"

"그러니까…… 응. 그랬어."

요코야마는 긍정했다. 아오이의 성적을 자세히 아는 건 아니지만, 분명히 그 시절의 아오이한테 공부를 잘한다는 이미지는 없었다.

"그런데 말이야, 조금씩 성적을 올려서…… 지금은 1등이야."

아오이는 그 종이가 아니라 부원들 쪽을 당당하게 보며 말했다.

요코야마는 그 결과를 이미 알고 있었기 때문에 놀라지는 않았지만, 어떤 사실 때문에 새삼 감탄하면서 말했다.

"아오이, 이걸로 세 번 연속이지."

요코야마가 말했더니 농구부원들이 깜짝 놀랐다. 아오이는 고개를 끄덕였고, 그 대답을 듣고 만족했는지 성적표를 펼치지도 않고 운동복 주머니에 집어넣었다.

"그러니까, 자랑하려는 건 아니고 말이야. ……믿어줬으면 싶다는, 그런 얘기야."

아오이는 자신이 의심받고 있다고까지는 생각하지 않았던 건지, 아니면 자신들이 거기에 걸고 있는 마음이 아직 부족하다고 느낀 건지—— 그 마음에 불을 붙이려는 것처럼, 천천히 말했다.

"이 성적은 우리 학교 안에서, 라는 얘기일 뿐이지만, 잘 못하는 것을 진심으로 열심히 해서, 1등이라는 결과를 냈어. ……난 그걸, 이 농구부에서도 할 수 있다고 생각하거든."

아오이가 하고 싶은 말을 눈치챘는지 농구부원들의 의식이 점점, 아오이의 말과 표정에 이끌려갔다.

"원래 잘했던 모두가, 2년 동안 진심으로 열심히 했어. 그것도 부 전체가 하나가 돼서, 목표를 향해서."

이제는 모든 이가 아오이만 보고 있다.

"그렇다면, 도착해야 할 골인 지점에, 반드시 도착할 거야."

그리고 아오이는 강하고, 거짓 없는 목소리를 의식하며.

"힘내자! 우리의 목표를 향해서!"

그 한마디에, 농구부원들은 입을 맞춰서 "예!"라고 대답했다.

감격해서 눈물을 흘리는 사람, 아오이를 믿고서 진지한 표정을 짓는 사람. 그 표정은 제각기 조금씩 달랐지만, 그 모든 감정의 전제는 아오이에 대한 진심 어린 신뢰였다.

모두가 한 방향으로 향하고 있다는 것을 느끼며, 아오이는 다시 한번 크게, 고개를 끄덕였다.

물론 그것은 모두의 전국대회에 가고 싶다는 마음에 불을 붙인 것이기도 했지만── 그 이상으로.

몇 번이고 몇 번이고 연습했던 대사로 눈앞에 있는 농구부원들의 마음을 움직였다. 아오이는 그 자체에 만족을 느끼고 있었다.

그리고 동시에── 기대하고 있었는지도 모른다.

이 무대에서 또, 다른 것을 증명할 수 있을지도 모른다고.

* * *

농구부원들과 같이 하교하고 역에서 헤어진 뒤에, 아오이는 집에 도착했다.

현관문을 열고 신발을 벗고는, 거실문 앞에서 일단 멈춰섰다. 그 문 너머에서 어머니의 기척이 느껴졌기 때문이다.

들려오는 것은 뭔가를 볶는 건지 기름이 지글거리는 소리. 뭐가 됐건, 어머니가 그곳에 있다는 사실이 아오이의 마음을 약간 흔들리게 했다.

아오이는 일단 가슴에 손을 댔고, 그 손을 그대로 운동복 주머니에 집어넣어서 안에 있는 성적표를 만졌다. 이것을 보여줬을 때 기뻐하는 어머니의 리액션, 거기에 대해 자신의 마음이 어떻게 움직이게 될지. 그런 것들을 시뮬레이션하면서, 아오이는 문손잡이를 잡았다.

"……다녀왔어요~."

문손잡이를 돌리며, 아오이는 천진난만한 목소리로 말했다. 고개를 들어보니 상상했던 대로 그녀의 어머니가 그곳에 계셨다. 주방에서 음식을 만들고 있던 어머니가 아오이를 보고 빙긋 미소를 지었다.

"어서 오렴. 마침 잘 왔다."

"마침 잘 왔다고?"

"지금 거의 다 됐거든. 아오이가 좋아하는 치즈 햄버그스테이크."

"신난다. 고맙습니다."

학교에 있을 때보다 묘하게 어려 보이는 표정을 짓고, 그대로 식탁의 자기 자리에 앉는 아오이.

그러자 어머니도 햄버그를 굽고 있는 프라이팬에 뚜껑을 덮더니, 아오이가 앉아 있는 자리의 맞은편에 앉았다.

"어라? 저건 그냥 둬도 돼요?"

"응. 마지막에는 이렇게 뚜껑을 덮고 잔열로 익히는 거야. 부드럽게 만드는 요령이지."

"헤에!"

아오이가 살짝 오버하며 반응하자, 어머니가 빙긋 웃었다.

"요즘 학교는 어때?"

아무렇지도 않은 톤으로 던진 말에, 아오이의 몸이 움찔하고 굳어졌다.

왜냐하면 그다음에, 자신을 긍정하는 말이 기다리고 있다는 걸 알고 있기 때문이다.

"……맞다, 시험 결과 나왔어요."

아오이는 문득 생각난 척, 자연스럽게 말했다.

"그랬구나. 어떻게 됐어?"

특별할 것 없는 어머니의 말. 하지만 아오이는 의식해서 장난스런 표정과 온화한 말투를 꾸민 뒤에 입을 열었다.

"짜잔. 또 1등이야."

그랬더니 어머니가 기뻐하며 말했다.

"우와! 정말 대단하구나!"

어딘가 납득했다는 것처럼 고개를 끄덕였다. 그리고 상냥하게, 행복하다는 듯이 웃었다.

"그래, 그래. 역시 아오이는── 해바라기처럼 태양을 향해서 활짝 피는 여자애야."

어머니의 대답에 아오이는 또 움찔, 하고 아주 잠깐 말문이 막혔다. 그리고 바로 웃는 얼굴을 지어 보였다.

"……그치?"

"응. 우리 자랑스러운 딸이야."

"아하하. 뭐야."

예상처럼 기뻐하는 얼굴과 무조건 긍정하는 말. 둘이서 잠시 이야기를 나누고, 슬슬 됐으려나, 라고 말하며 어머니가 자리에서 일어났다. 아오이는 크게 한숨을 쉬고, 아주 잠깐, 자신의 약함 때문에 입술을 깨물었다.

그리고 어머니가 다 익은 햄버그를 접시에 담고, 식탁으로 가져왔다.

"하루카 좀 불러줄래?"

"예~."

어머니가 시킨 대로, 아오이는 세 살 어린 여동생, 초등학교 6학년인 하루카의 방으로 갔다.

"하루카~?"

계단을 올라가서 방문을 두드렸더니, 조급해하는 것 같은 "잠깐만~!"이라는 목소리가 들려왔다. 문 너머에서는 게임 BGM 같은 소리가 들려오고 있다.

"밥 다 됐어~."

"나도 알아~! 이번 판 끝나면 갈게!"

"알았어~."

아오이는 씁쓸하게 웃으면서 계단을 내려갔고, 다시 자기 자리에 앉았다. 어머니는 부엌에서 세 사람 몫의 식사를 차리고 계셨다.

감자와 당근 소테를 곁들인 햄버그와 쌀밥, 반찬으로 직접 만든 코울슬로 샐러드와 미네스트로네라는 이탈리아식 수프. 가정 요리 치고는 손이 많이 간, 아주 충실한 메뉴다.

"하루카는?"

"게임 해. 이번 판만 끝나면 온대."

"후후. 푹 빠졌구나~."

어머니는 세 사람 몫의 식사를 식탁에 차리면서, 기쁘다는 듯이 미소를 지었다.

"그러게. 어택 패밀리즈였던가."

"그래, 맞아."

"요즘 엄청 유행이던데~. 우리 반 남자애들도 다 하고 있어."

그리고 어머니는 아오이 맞은편 자리에 앉았고, 둘이서 하루카가 오기를 기다렸다.

"아오이, 넌 안 하니?"

"음~. 난 어떻게 할까. 게임 할 시간은 없을 것 같은데."

"아하하. 그렇구나. 농구에 공부에, 거기다가 게임까지 하는 건, 아무래도 너무 힘들겠네."

"……응."

히나미는 세세한 말에서 위화감을 느꼈지만, 그 뒤로도 한두 마디 말을 주고받았다. 그러는 동안, 얼마 지나지 않아서 하루카도 자기 방에서 나왔다.

"뭐야~! 햄버그잖아!"

그랬더니 어머니가 자신만만하게 웃었다.

"맞아. 그것도 치즈 햄버그."

"진짜~! 언니가 좋아하는 거잖아!!"

하루카의 천진난만한 반응에, 아오이는 안심한 것처럼 상냥한 미소를 지었다.

"그래, 맞아. 자, 빨리 앉으렴."

그렇게 세 사람이 모여서 저녁식사를 시작했다. 잘 먹겠습니다, 고 식사 인사를 하고 떠들썩한 식사가 시작했다.

그렇게 지나가는 가족의 평온한 시간. 하지만 아오이의 표정에는 평온과 또 다른, 자신을 규정하지 못한 것만 같은 불안정한 흔들림이 드리워 있었다.

* * *

식사가 끝나고, 아오이의 방.

아오이는 노트북 컴퓨터를 켜서 매일 입력하고 있는 엑셀 파일을 편집하고 있었다.

모니터 화면에는 지금까지 있었던 쪽지시험이나 정기 시험 결과를 기록한 선 그래프가 표시되고 있다.

처음에는 수평에 가까웠던 선이 점점 경사가 커졌고, 마침내 급속도로 상승을 시작하더니, 정점에 도달했다. 그것은 그녀가 1등을 차지했다는 사실인 동시에 노력의 양에 대한 결과의 효율이 서서히 상승했다는 것을 의미하는 것인

데, 즉 그녀의 형태가 조금씩『올바른 노력』쪽으로 향하고
있다는 뜻이기도 했다.

"좋아. ……좋았어."

아오이는 숨을 들이쉬었다 내쉬고, 어딘가 흥분한 것 같
은 얼굴로 그 그래프를 봤다. 그녀가 보고 있는 것은 현재
상황일까 그 과정일까, 아니면 그 너머일까.

어쨌거나 그래프를 보고 있는 아오이의 얼굴에 아까와 같
은 흔들림은 보이지 않았다.

"……자, 그럼."

그리고 아오이는 다른 프로그램으로 바꿔서, 이번에는 워
드 파일을 편집하기 시작했다. 모니터에 표시된 워드 화면
에는『중간 정도 목표』라고 적혀 있는 표제 아래에『정기 시
험에서 학년 1위를 유지한다』『농구부 에이스가 돼서 전국
대회로 이끈다』『톱 카스트 그룹의 중심인물이 된다』등의
문장이 적혀 있었다.

그녀의 손가락이 키보드 아래쪽 터치패드 쪽으로 향했다.
손가락을 천천히 움직이자 화면에 있는 마우스 커서가 글자
를 선택했고, 검은색으로 물들였다.

그리고 아오이는 그 화면을 가만히 쳐다보다가──.

탁, 하고 가볍게 키를 두드렸다.

순간, 화면에 표시돼 있던 세 개의 문장이, 깔끔하게 지워
졌다.

남은 것은『중간 정도 목표』라는 표제와 그 아래에 펼쳐진

공백. 앞으로의 지침인 목표도, 달성해버리면 그저 텅 빈 공백. 무의미한 문자열이다.

"좋았어――."

아오이는 의식해서 숨을 깊이 들이쉬며, 초조한 마음을 억누르려는 것처럼 생각했다. 뛰는 동안에는 즐겁지만, 멈추면 땀이 쏟아진다. 그녀의 심장은 이미, 달리는 게 기본 상태로 되어가고 있다.

정기 시험이라는 학력을 겨루는 무대에서도, 교실이라는 커뮤니케이션 능력을 겨루는 무대에서도, 농구 실력 경쟁에서도. 최소한 학교 안이라는 영역에서는 1등을 차지해버렸다.

그렇다면, 다음 목표는.

아오이는 살짝 고개를 끄덕이고, 오늘 농구부 활동에서 있었던 광경을 떠올리면서, 새로운 글자를 입력했다.

그녀는 만물에 재현성이 있는 강도를 요구하고 있다.

그렇다면―― 필요한 것은, 새로운 풍경.

그것은 그녀가, 아직 도달하지 못한 지점이다.

『농구부에서 전국 1위를 차지한다』

마음속에 세운 맹세를 빤히 쳐다보고, 아오이는 그 워드 파일을 닫았다.

* * *

그 뒤로 한 달 뒤.

"반드시 이기자! 여기까지 오면 왔으면 우승하는 거야!"

아오이가 소속된 농구부는 현 대회에서도 순조롭게 이겨나갔고, 전국대회의 무대에 섰다.

노 마크였던 중학교가 이렇게 약진. 그것만으로도 충분하고도 남을 만큼 충분한 결과였지만, 그것은 단순히 노력의 양과 질이 가져온 필연이었다.

적어도 중학교 동아리 활동이라는 범위 안에서 따져보면, 아오이의 방식은 충분하고도 남을 정도로 세련된 것이었다는 뜻이 되겠지.

"응! 방심하지 말고, 우리가 항상 하던 대로!"

"아하하, 요코야마 선배, 그거 아오이 선배가 항상 하던 말이잖아요."

"뭐, 뭐야! 그런 소리 하지 마!"

하나의 목표를 향해서 노력을 거듭해온 멤버들도, 코트 앞에서 서로를 지탱할 수 있게, 그러면서도 방심하지 않으면서, 계속 그 이빨을 갈아왔다.

"그럼, 가자!"

그리고, 아오이와 농구부원들의, 전국대회에서의 싸움이 시작됐다──.

──하지만.

그 이틀 뒤.

아오이는 농구 코트 밖에서 눈물을 흘리고 있었다.

전국대회. 전국에서 선발된 정예들이 겨루는 큰 무대.

거기서 아오이의 팀은, 2위가 됐다.

물론, 그녀의 눈물은 기뻐서 흘리는 것이 아니었다.

히나미 아오이는 전국 2위라는 결과가 분해서 눈물을 흘리고 있는 것이다.

그것은 틀림없이, 과분한 결과다. 작년까지는 잘해야 현대회 수준이었던 학교가 갑자기 전국 준우승. 우승은 놓쳤지만, 누가 봐도 충분하고 남을 만큼의 큰 약진이었다.

그리고 그 결과를 만들어낸 중심인물인 아오이. 칭찬을 받는 건 당연해도, 비난받을 이유는 없다.

──그래도.

"우승, 야츠야나기 중학교."

폐회식. 히나미 아오이는 자기가 다니는 학교가 아닌 다른 학교의 이름과 함께 불린『우승』이라는 말에, 원통한 눈물을 흘렸다.

원래는 과분한 결과에 대한, 몸이 갈가리 찢겨져 나가는 것만 같은 원통한 마음. 그것은 그녀의 각오였고, 노력의 결과였고, 또는, 도망칠 수 없는 주박이었을 것이다.

"……."

옆에 서 있는 부부장 요코야마가 말없이 아오이의 어깨에 손을 얹었다.

하지만 그녀는 아오이의 이름을 불러보지도 못했다.

왜냐하면 그렇게 오열하는 아오이를 보며, 그녀도 알아차렸기 때문이다.

물론 요코야마도 최근 일 년 동안, 지금까지의 인생에서는 생각도 못 했을 정도로, 피눈물을 흘릴 만큼 노력했다. 아오이를 따라하는 것처럼, 또는 아오이의 뒤를 쫓아가는 것처럼, 아니면—— 아오이의 꿈을 이뤄주기 위해서.

하지만 그 노력은 틀림없이, 아오이한테 한참 못 미쳤다.

요코야마는—— 아니, 아마도 이 팀 멤버 모두는.

마음속 어딘가에서, 이렇게 생각해버렸다.

만약에 히나미 아오이가 다섯 명 있었다면 우승했을 것이다, 라고.

그래서 요코야마는, 농구부원들은, 그저 침묵했다.

히나미 아오이를 따라가며, 그녀가 좇았던 『전국 1위』라는 꿈은, 어디까지나 히나미 아오이가 준 꿈. 처음부터 자신이 진심으로 노렸던 꿈이 아니었기에.

"......!"

요코야마는 자신의 어설픔 때문에, 무력함 때문에, 입술을 깨물었다.

이제 와서 알아차려봤자, 시간은 되돌릴 수 없다. 결과도

바꿀 수 없다.

생각해보면 자신들은 힘든 일이 있으면 바로 아오이에게 의지했고, 시합 때도 위험한 상황에서는 자기도 모르게 아오이의 모습을 찾고 있었다.

그리고 어느샌가, 그녀들은 생각해버리고 있었다.

자신들의 노력과 실력으로 꿈을 움켜쥔 것이 아니라──틀림없이 아오이가 자신을, 그 꿈을 향해 데려가 줄, 거라고.

"……응. 요코, 괜찮아…….."

그래서 요코야마는. 농구부원들은.

아오이를 위로하지도, 서로의 건투를 칭찬하지도.

그리고── 진심으로 분해하지도, 못했다.

　　　　* * *

몇 시간 뒤. 고문 선생님을 따라서 온, 오오미야에 있는 식당.

코트에서의 긴장감도 많이 사라졌고, 응원해준 후보 선수와 후배들을 포함한 서른 명이, 넓은 방을 빌려서 뒤풀이를 하고 있었다.

"아오이 선배, 수고하셨습다!"

"정말 멋졌어요!"

"흑흑……! 준우승이라니 정말 대단해요……!"

후배들이 건네는 건투의 말. 결과를 칭찬하는 말. 그것은 너무나 메마른 아오이의 마음에 약간의 위안을 주기는 했지만, 당연히 그 마음속 깊은 곳까지는 전해지지 않았다.

왜냐하면 그녀와 똑같은 수준으로 노력한 사람은, 그 노력을 진심으로 서로 칭찬해줄 수 있는 사람은. 최소한 이 자리에는, 한 사람도 없었으니까.

"아하하. 응, 고마워."

그래서 아오이도 그 말에 대해 겉으로만 고개를 끄덕이고, 희미하게 웃어 보일 수밖에 없었다.

뒤풀이도 종반. 마지막으로 주전 멤버들이 한마디씩 인사를 하고, 그날은 해산하게 됐다.

주전 다섯 명이 앞에 섰고, 나머지 부원들이 그 모습을 보고 있다.

"저…… 인생에서 이렇게 열심히 해본 건 처음이고…… 흑! 아오이가, 있어서……!"

그렇게, 주전 멤버들의 인사는 하나같이 아오이에 대한 칭찬과 감사.

"나…… 아오이랑…… 여러분과 농구를 할 수 있어서, 정말 즐거웠어!"

제각기 말하는, 눈물과 함께 흘러나오는 긍정적인 감정. 거기에 거짓은 없고, 그렇기에 그 말들은, 아직 완성되지 않은 아오이의 부드러운 부분에도, 조금씩 울리기 시작했다.

아오이는 치밀어 오르는 감정을 억누르면서, 그러면서도

똑바로 앞을 봤다.

주전 네 명의 인사가 끝나고, 남은 건 한 사람. 그리고 당연하다는 것처럼 마지막으로 남은 아오이의 인사로, 이 농구부의 막이 내려진다. 그 자리에 있는 모든 사람이, 그녀의 말에 귀를 기울였다.

아오이의 입술이 천천히, 벌어진다.

"……모두들. 일 년 동안, 고마웠어."

아오이는 말을 짜내는 것처럼. 농구부 부장으로서의 올바른 가면을 연기하기 위해.

"모두가 이렇게 있어줬기 때문에, 저도 이렇게 노력할 수 있었습니다."

너무나 아픈 원통한 기분 속에서, 필사적으로, 이상적인 말을 찾았다.

"이 멤버가 아니었다면 안 됐을 거라고 생각해. 왜냐하면 이렇게 꿈같은 이야기, 보통은 믿어주지 않으니까."

연기하던 역할을, 완벽하게 끝내기 위해서.

"결과는 아슬아슬하게 목표에 미치지 못했지만, 준우승은, 정말 엄청난 일이겠지."

자신의 옳음을 또 하나, 증명하기 위해서.

"그래서 나도, 이 일 년 동안. 모두와 진심으로 농구를 할 수 있어서——"

그런데, 그때.

그녀의 머릿속에, 촉수처럼 시커먼 위화감이 휘감겼다.

"⋯⋯농구를 할 수 있어서⋯⋯ 저도, 정⋯⋯."

말문이 막혔다. 어둠침침한 감정이, 깊은 곳에서 넘쳐난다.

이제 그 깔끔한 말을. 이상적인 말을. 다른 사람들처럼 전하기만 하면 되는데. 그렇게만 하면 일 년 동안 온 몸을 바쳐서 연기해왔던, 『쿠스노키 중학교 농구부 부장』이라는 기나긴 연극이, 막을 내리게 된다.

하지만 아오이는—— 그다음 부분을 입에 담지 못했다.

"저⋯⋯도."

다른 사람과 같은 감정을, 공유할 수가 없었다.

왜냐하면—— 시합에 져서. 목표를 달성하지 못해서.

그래도 농구가 **재미있었다**는 감정은, 지금 그녀의 마음속에는, 단 한 조각도 존재하지 않았기에.

조금씩 감정이, 사고가. 컨트롤할 수 없게 돼버리는 게 느껴진다.

"⋯⋯."

그녀는, 거기서 알아차렸다.

자신은 틀림없이, 혼자서만 다른 곳을 보고 있었다는 것을.

틀림없이 지금의 자신은 더 이상, 언젠가의 자신으로는 돌아갈 수 없고.

다른 사람들과는 인간으로서의 형태가 달라서—— 그 누구와도 서로 이해할 수가 없다고.

어느새 아오이는 커다란 눈물방울을 흘리고 있었다. 그 이유는 자신도 모른다. 한 가지 알 수 있는 것은, 자기 안에

도저히 어떻게 할 수 없을 정도로 커다란 고독감을 품고 있다는 것뿐이었다.

"아오이 선배……!"

후배들은 그런 아오이의 감정을 받아서, 같이 눈물을 흘렸다. 물론 아오이의 마음속에 있는 진짜 생각은, 전혀 이해하지 못했다. 하지만, 우는 모습을 보기만 해도 감정이 옮겨갈 정도로, 농구부원들은 아오이에게 마음을 터놓고 있었다.

하지만.

"……아오이."

그때 주전 멤버들이 품었던 감정은, 그것과 조금 다른 것이었다.

최후의 인사를 하면서, 분해서 눈물을 흘리면서. 그러면서도 그녀의 눈동자에 과거를 돌아보는 것 같은 약한 기색은 조금도 없고, 시선은 망가진 것처럼 앞만 똑바로 보고 있고. 자신이 짊어진 모든 것에 대해 책임을 져야 한다는 사실에 대해, 일말의 망설임도 없는 것만 같은 그 표정은, 너무나도 고독해 보여서.

그것은 조용하면서도 너무나 자연스럽지 못한 강함이었고.

주전 멤버들은 그런 아오이를 처음으로── 무섭다고, 느꼈다.

그것은 틀림없이, 아오이가 처음으로 드러낸 빈틈.

하지만 그 빈틈── 연기라는 갑옷 속에, 그녀는 진정한 이형(異形)의 강함을 숨겨두고 있다.

"그러니까 여러분…… 정말 고마웠습니다!"

아오이는 결국 끝까지 그 말을 입에 담지 못하고, 인사를 마쳤다.

         ＊＊＊

그날 심야.

아오이는 공허한 표정으로 컴퓨터 모니터를 빤히 쳐다보고 있었다.

눈앞에 표시된 것은 『중간 정도 목표』라는 표제 아래에 적혀 있는 『농구부에서 전국 1위를 차지한다』는 문자.

아오이는 그 문자열을 선택해서 까맣게 물들이고, Delete 키 위에 손가락을 얹은 채로 망설이고 있다.

"……."

목표 확인, 그리고 갱신. 루틴에 가까운, 익숙해진 행동일 텐데.

이 순간만은, 키를 누르는 데 저항이 느껴졌다.

왜냐하면 그것은, 무엇보다 큰 굴욕이고. 그녀에게 있어 처음 겪은, 결정적인 패배니까.

더 이상 달성할 수 없다는 이유로, 목표를 소거하다니.

아오이는 입술을 깨물고, 자신의 마음속 기둥이 썩어서 떨어져 나가려는 것을 간신히 억누르면서── 감정이 시키는 대로 그 키를 두드렸다.

폭력적인 소리가 방 안에 울리고, 두드린 손가락의 두 번째 마디가 아주 조금 아팠다.

마침내 글자가 사라지고, 펼쳐진 공백.

눈앞에 나타난, 그녀의 텅 빈 부분.

그것을 메울 수 있는 것은── 더 이상.

"……언니?"

갑자기 방문 밖에서 목소리가 들려왔다. 아오이는 깜짝 놀라면서 목소리를 꾸며, 대답했다.

"응~? 왜 하루카?"

"저기 말이야……."

"……왜 그래?"

거기서 하루카가 말한 것은, 아오이가 생각지도 못한 말이었다.

"……게임 할래?"

"뭐?"

아오이는 놀랐다. 그것은 그녀에게 있어, 오랜만에 받아보는 제안. 몇 년 전까지는 종종 셋이서 같이 했었는데, 그 날 이후로는 자매들이 같이 게임을 하는 일이 거의 없어졌다.

그것은 틀림없이 그녀가 귀기가 느껴질 정도로 노력하기 시작했기 때문에. 또는 비슷한 기억을 더듬어서, 그 날이 얼마나 눈이 부셨는지를 떠올리는 것을, 본능적으로 두려워하고 있었기 때문인지도 모른다.

어쨌거나 이렇게 하루카가 게임을 하자고 제안한 것은, 정말 신기한 일이었다.

"언니. 어패…… 할래?"

　　　　* * *

"뭐, 뭐야…….."

"압 · 승!"

어택 패밀리즈. 일명 어패. 전국 최고의 유저 인구를 자랑하는 대전 액션 게임.

거실 TV 앞에서, 아오이와 하루카가 컨트롤러를 붙잡고 있다.

어째서 갑자기 대전하자고 했는지, 그 이유는 모른다. 어쩌면 아오이의 지금 상황을 눈치채고 격려해주려고 한 건지도 모른다.

하지만 게임을 하고 있는 하루카는 예전에 셋이서 대전하던 때와 마찬가지로, 전혀 봐주지 않았다.

"큭…….."

아오이는 입이 떡 벌어진 채로 결과 화면을 쳐다봤다. 이유도 없이 게임이라는 것에 빠져들었던 어린 시절, 세 자매 중에서 아오이가 게임을 제일 잘했다. 어패를 거의 해본 적이 없었다고는 해도, 스톡제 게임에서 4개 중 3개나 남긴 상태로 질 거라고는, 상상도 못 했다.

"세 살이나 어린 하루카한테, 이렇게 졌어……?"

"수행이 모자라네~."

"하, 한 판 더!"

"좋아~."

그렇게 다시 시합이 시작됐지만, 결과는 아까와 크게 달라지지 않았다. 그것은 어디까지나 어패에 대한 경험 차이 때문이지만, 그래도 아오이는 역시 인정할 수가 없었다.

"이, 이게!"

"어설퍼요, 어설퍼."

"뭐야——!! 왜 안 맞는데!"

"제자리 회피라는 거야."

"나, 난 그런 거 몰라……."

일방적이면서도 뜨거운 싸움.

초등학교 6학년짜리한테 농락당하는 중학교 3학년은 어딘가 어려 보였고, 한없이 온 힘을 다하고 있었다.

"또, 또 졌어……."

"진짜 쉽네! 아오이 언니, 공부만 하다가 게임 못하게 된 거 아냐?"

"이게……."

아오이는 하루카를 노려보면서 말했다.

물론 양쪽 모두 어린애라고 하면 어린애다. 하지만 아오이는 원래 지는 걸 싫어한다. 이렇게까지 일방적으로 지니까 진심으로 분했다.

그렇게 난리를 피웠기 때문일까. 게임에 집중해 있던 두 사람 뒤에, 어느새 어머니가 서 있었다. 거품이 묻은 스펀지를 한 손에 들고, 두 사람을 멍하니 바라보고 있다.

어머니가 있다는 걸 알아차리고 "아" 하는 소리를 내는 아오이. 왠지 꼴사나운 모습을 보여준 것 같아서 묘하게 창피하다.

그런데, 그때.

어머니는 아오이를 보고, 흐뭇한 미소를 지으면서——생각지도 못한 말을 했다.

"……아오이, 재미있어 보이네."

"예?"

그녀에게 그 말은, 너무나 의외였다.

지금 자신은 세 살이나 어린 동생한테 계속 지고 있다. ——그런데, 내가 재미있어 보인다고?

최근 몇 년 동안 항상 승리만을 추구하며 싸웠고, 그리고 결국 그 말을 하지 못했던 아오이에게, 어머니의 말은 너무나 부자연스러웠고.

그런데, 도.

어머니만이 아니라 하루카도 아오이를 보면서 천진난만

하게 웃고 있었다.

"——아오이 언니. 재미있다."

그건 틀림없이 아오이가 너무나 좋아하는 하루카의 웃는 얼굴이고—— 그래서 아오이는, 자기도 모르게 마음속이 근질거렸다.

그리고 아오이는 자기 자신을 알 수 없게 돼버렸다. 마음 속에서는, 가면 속에서는, 난 어떻게 생각하고 있는 걸까. 어떤 얼굴을 하고 있는 걸까.

졌다는 사실을, 지금의 자신은, 정말로 즐기고 있는 걸까.

아오이는 묘하게 불안한 기분을 맛보면서, 손에 쥐고 있는 콘트롤러를 봤다.

"……그런, 가."

웬일로 자신 없게 흘린 그녀의 말은, 틀림없이 자기 자신에게 한 말이었다.

* * *

그 뒤로 아오이는 정기적으로 하루카와 어패를 플레이하게 됐다.

단순히 게임의 완성도에 감탄했기 때문일까, 아니면 갑자기 스친 감정에 이끌린 걸까.

어쨌거나 그녀는 서서히 어패에 빠져 들어갔다.

"그렇구나…… 항상 여기서 점프를 했으니까 그걸 보

고⋯⋯."

그리고 아오이의 버릇이라고 할까. 이렇게 룰과 결과가 있는 것을 보면 무의식적으로 그것을 분석하고, 그 구조를 생각한다. 그것은 공부에서도 운동에서도, 또는 교실에서의 인간관계 구축에서도 마찬가지. 아오이는 정점을 노리는 사이에, 구조 분석을 그 누구보다 잘하게 됐다.

그랬더니 당연히, 그녀는 순식간에 하루카보다 강해졌다.

"꺄~! 역시 아오이 언니는 대마왕이야!"

"맘대로 불러~."

신기했던 건── 언제 해도, 몇 번을 해도, 하루카랑 같이 게임을 할 때만은, 어패를 하고 있을 때만은, 자연스러운 기분으로 가슴이 두근거렸다.

"에헴~! 내가 이겼다~."

"언니 너무 세! 왜 그렇게 잘하게 된 거야!"

"뭐, 재능이려나?"

분명히 그녀는 이미 하루카를 이기고 있다.

하지만 거기에 있는 감정은 승패에서 기인하지 않은, 떠들썩하고 따뜻한 것처럼 느껴졌고.

"하루카?! 그건 치사⋯⋯."

"안 치사하거든~."

"아, 이쪽으로 도망치면 하루카만 떨어지겠네."

"뭐야?! 그거 진짜 치사해!"

"아하하. 안 치사한데~."

그것은 벌써 몇 년도 전에, 항상 자매 셋이서 지내던 시간과 비슷한 분위기였고.

"아오이 언니."

"응?"

신나는 대전이 끝나자, 하루카는 컨트롤러를 살며시 내려놨다.

"옛날에…… 자주 이렇게 게임 했었잖아."

"……그랬었지."

쓸쓸해 보이기도 하고 슬퍼 보이기도 하는, 복잡한 표정을 짓는 하루카. 하루카가 그 말에 어떤 의미를 담았는지는 굳이 말하지 않아도 알 수 있었다.

그래서 아오이는 그 머리에 톡, 하고 손을 얹고서 살며시 쓰다듬어줬다.

그렇게라도 하지 않으면 그 쓸쓸함에 옮을 것 같았기 때문에.

"……자, 하루카! 한 판 더 하자!"

"어, 뭐야~! 또 하려고?!"

그리고 두 사람은 또, 쓸쓸함에서 도망치려고 한 걸까.

아니면, 그리운 즐거움을 탐닉하기 위해서일까.

몇 번이고, 몇 번이고, 몇 번이건, 둘이서 대전을 반복했다.

그 게임기에 연결된 컨트롤러는, 총 세 개.

나머지 하나를 잡았던 동생은, 거기에 없다.

* * *

　그렇게 해서 아오이는 어느샌가, 하루카보다 훨씬 더 어패에 빠져들었다.

　하루카가 있을 때는 하루카와, 하루카가 없을 때는 온라인으로. 마치 그곳에서 자신이 있을 곳을 찾아내기라도 한 것처럼, 그녀는 어패에 빠져들었다.

　어쩌면 그것은, 하루카와 같이 웃을 수 있는 게임이라면 뭐든지 좋았을지도 모른다. 그때의 추억과 감정을 되살려 주기만 한다면, 굳이 게임일 필요도 없었는지도 모른다.

　단 한 가지 우연이 있었다면―― 어패가 그녀가 생각하는 『갓겜』의 조건에 해당된다는 점이겠지.

　올바른 노력이 올바른 형태로 결과로 맺어지고, 거기에는 부조리도 불평등도 없다.

　심플한 룰이 복잡하게 얽히면서 깊은 게임성을 형성하는. 그야말로 『갓겜』.

　그것은 파고 들면 파고 들수록, 인생이라고 불러야 할 만큼 재미있는 게임처럼 느껴졌다.

　그리고 전국에서 가장 많은 플레이어를 자랑하고, 언제든지 온라인에서 전국의 강자들과 대전할 수 있다는 점. 자신의 강함이 레이트라는 숫자로 가시화된다는 점도, 그녀가 빠져드는 데 한몫을 했다.

　숫자와 결과만을 믿고, 노력으로 그것들을 쟁취하는 것이 모든 것이었던 그녀의 마음속 공백을 더할 나위 없는 형태로 딱, 메워줬다.

    어패에 빠져든 지 몇 달.
    엄청난 속도로 레이트 상위 0.5% 이내, 최상위권이라고 할 수 있는 곳까지 올라갔을 때, 그녀는 깨달았다.
    무엇보다 올바르게 되자고 결심한 그날부터.
    누구보다 더 이겨나가야만 한다는 것을 깨달은, 그 순간부터.
    항상 올바르고 계속 최강이어야 했던 자신이, 농구에서는 이기지 못했다.
    그 이유는——.
    "……."
    아니, 어쩌면 그 패배한 순간부터.
    아니면 훨씬 전에, 다 같이 연습하던 때부터 어렴풋이 알고 있었는지도 모른다.
    그녀가 이기지 못했던 이유는, 틀림없어.

    ——그것이 개인 종목이 아니었기, 때문에.

    물론 다른 사람의 의욕을 매니지먼트하는 데 성공했기에 얻을 수 있는 승리, 라고 생각할 수 있을지도 모른다. 하지만 어디까지나 타인은 타인. 완전히 컨트롤하는 것은 불가능하다.

그건 아마도, 그녀는 물론이고 다른 부원들도 눈치를 챘을 것이다. 그래서 그녀들은 아오이를 위해서 한계까지 노력을 거듭하려고 했다. 하지만, 그래도, 그녀들은 아오이와 똑같이 될 수가 없었다.

틀림없이 거기에, 결함과도 같은 엔진이 달려 있지 않았으니까.

부원들은 탓할 수 없다.

그것은 그저 인간으로서의 형태가 달랐을 뿐이니까.

아오이는 방에서 혼자 귀신이라도 씌인 것처럼 어택 패밀리즈를 플레이했다.

온라인 닉네임은 Aoi. 거기에는 큰 이유가 없이, 그저 게임기에 등록돼 있던 이름이 그것이었기 때문이다. 특별한 이름을 지을 필요성도 느끼지 않았고, 그냥 대전에 푹 빠져들기 위해서는 흔한 이름을 사용하는 게 좋았다.

무엇보다 이러고 있으면, 다시는 돌이킬 수 없는 후회가 조금이나마 희석됐다. 노력의 결과가 순식간에 레이트로 표시되는 게 너무나 성격에 맞았다. 그러고 있으면 더할 나위 없이 옳다는 것을, 증명할 수 있다는 것처럼 여겨졌다.

"⋯⋯어."

그리고 어느 날. 그녀는 깜짝 놀랐다.

새롭게 매칭된 대전 상대의 이름. 그것이 기억에 있는 이름이었다.

처음에는 가짜인가 했는데, 그 옆에 적혀 있는 숫자가 **그**가 진짜라는 사실을 증명해줬다.

nanashi   레이트 : 2569

압도적인 수치. 그 알고 있는 이름.

대전 상대는 국내 최고의 레이트를 계속 유지하고 있는 최강 플레이어, nanashi였다.

"……좋았어."

아오이의 마음에, 조용한 환희가 싹텄다.

계속 싸우고 싶었다. 싸워보고 싶었다.

이렇게 성별도 연령도 상관없는, 이 심플하고 평등한 갓겜에서. 압도적인 성적을 남기고 있는 전국 최강의 탑 플레이어.

승부의 세계에서는 무엇보다도 **올바른** 괴물이다.

그 존경해야 할 nanashi와 이렇게 인터넷을 통해서지만, 상대할 수 있게 됐다.

나는 그를 상대로 얼마나 버틸 수 있을까.

그의 세계에서는 어떤 풍경이 보이고 있을까.

아오이는 아직 어패 레이트가 2000을 조금 넘는 수준. 솔직히 실력에서는 아직 큰 차이가 날 것이다.

하지만, 지금까지의 경험을 통해.

공부와 농구부 활동, 인간관계까지 온갖 것들을 분석하고 실천하며 『공략』해온 자신이라면.

조금이나마 흠집 정도는 남길 수 있을지도 모른다.

그 nanashi를 헉, 하고 놀라게 해줄 수 있을지도 모른다.

공부로 키워온 방법론으로 행동 하나하나를 검증하고, 계속 다듬어왔다.

농구부 활동에서 반복해온 트라이 & 에러로 치밀한 조작을 마스터하고, 화력을 한계까지 키웠다.

인관관계에서 키워온 밀고 당기기를 사용해서, 수읽기에서도 계속 이겨왔다.

즉, 이것은 그녀의 지론.

룰과 결과가 있는 것은 전부 게임이고. 그것은 틀림없이, 인생도 어패도 마찬가지고.

그렇다면 나는 내『인생』의 온 힘을 다해서, 이 nanashi에게 터트려주자, 고.

아오이는 조급해지는 마음을 진정시키며, 결정 버튼을 눌렀다.

이기지는 못할 거다. 하지만 내『인생』은, 그냥 져줄 정도로 싱거운 게 아니다.

아오이는 천천히 숨을 내쉬고, 손끝에 의식을 집중했다.

──그리고.

시합이 끝났을 때, 아오이는 멍하니 컨트롤러를 쥔 채로, 화면을 보고 있었다.

"……대단하다."

도저히, 당해낼 수가 없었다.

결과는 참패. 처음부터 이길 거라고 생각했던 건 아니다. 지는 게 당연하다는 생각도 했다.

하지만, 이렇게까지 손도 써보지 못하고 압도적으로 질 거라고는 생각지도 못했다.

행동의 숙련도도, 콤보의 정밀도도, 그리고 무엇보다 자신감 있는 수읽기라는 싸움에서도.

마치 갓난아이를 붙잡는 것처럼, 허무할 정도의 차이가 벌어졌다.

"……어째서."

번번이 수를 읽히고, 마치 그의 손바닥 위에서 놀아나고 있는 것 같은 감각. 유도당하는 것처럼 움직임을 읽히고, 자신이 행동을 선택하기 그 바로 직전에, 가장 적절한 공격이 들어 왔다.

그것은 그녀가 처음 해보는 체험이었고. 하지만 그것은 결코, 불쾌한 일이 아니었다.

왜냐하면 싸움 속에서, 확실하게 실감할 수 있었기 때문에.

개인 경기를 계속해서 하면, 이렇게까지 높은 경지에 오를 수 있다는 것을.

"nanashi……란 말이지."

아오이는 흥분해서 nanashi한테 채팅 메시지를 보낼까 고민했지만——— 바로 그만뒀다.

왜냐하면 자신은 아직, 이쪽 세계에서는 아무것도 아니니까.

틀림없이 지금의 자신에게는, nanashi와 대등하게 이야기할 권리조차도 없으니까.

그래서 메시지는 보내지 않고, 아오이는 그냥 다시 대전하자고 요청했다.

하지만.

"……아."

다음 순간, nanashi가 대전 방에서 나가버렸다.

그에게 있어 그때의 아오이는 그 정도 존재일 뿐이라는, 그런 뜻이겠지.

"……그렇구나."

그런 소리를 흘리고——— 하지만 그때, 아오이는 고양돼 있었다.

떠오른 것은 전국대회가 끝난 뒤, 뒤풀이 때의 인사.

거기서 마음속에 새겨진 것은 몸이 찢어질 것처럼 깊은 고독과 단절이었다.

제각기 말했던, 즐겁다는 말.

하지만, 자신만 달랐다. 정말로 1위가 되고자 했었고, 그 것만을 원했다.

그거에 즐겁다는 감정은, 필요 없다고 생각했었다.

그저 이기는 것만을, 옳은 것만을 추구해서, 자신의 텅 빈 부분을 채워왔지만.

어쩌면 자신은 이상하게 생긴 마왕이고, 누구와도 서로 어우러질 수 없는 존재인지도 모른다고 생각했다.

── 하지만.

지금, 이 순간만큼은 분명히 달렸다.

누구에게도 지지 않을 거라고 생각했던 노력. 구조 분석 과 인간 사이의 밀고 당기기.

즉, 자신에게는 『인생』의 모든 것이지만, 그 사람 앞에서 는 아무런 의미도 없었다.

그녀에게 그런 건 있을 수 없는 일이고 ── 그렇기 때문 에, 아오이는 환희로 들떴다.

왜냐하면 그것은, 농구부 인사 때와 정반대로.

이번에는 자신이, 평범한 구경꾼이고.

어느샌가 그녀의 마음속에 싹트고 있었던, 어떤 기대.

자신이 올라가려고 하는 저 높은 곳은 아무도 없는, 어두 운 장소가 아닌지도 모른다.

그 정상에서는 틀림없이, 자신보다 더 많은 노력을 쌓아온 누군가가 기다리고 했다.

그래. 어쩌면, 이 사람이라면.

이 **전국 최대의 플레이어 인구를 자랑하는 개인 경기의 패자**라면, 이 고독을 공유할 수 있지 않을까.

모든 것이 미지였다.

모든 것이 기대됐다.

그곳을 향해 달려가면 이번에야말로, 골에 도달할 수 있을까.

"……nanashi."

아오이는 중얼거리면서 게임기 전원을 껐고, 스마트폰으로 YouTube 앱을 켰다. 찾아보니 온라인에서 상대했던 nanashi와의 대전을 녹화한 영상들이 여러 개 나왔다. 아마도 허락은 받았겠지. 하지만 그녀에게 그런 건 상관없는 일이다. 아오이는 그 영상들을 모조리 즐겨찾기에 저장해 뒀다.

그리고 그대로, 아오이는 예전에 편집하던 워드 파일을 열었다.

표시된 것은 여전히 텅 비어 있는 그녀의 한복판. 즉『**중간 정도 목표**』

아오이는 그 장소에 천천히, 글자를 입력했다.

『nanashi를 뛰어넘는다.』

　그 뒤에 그녀는 워드 파일을 닫았고, 새롭게 새긴 각오를 가슴에 품고서, 잡아먹을 것 같은 기세로 nanashi의 플레이를 분석하기 시작했다.

　먼저 흉내부터 시작해보자. 처음에는 가짜라도 좋다, 하는 척이라도 좋다.

　언젠가 그 가짜 속에, 진정 올바른 것이 뿌리내리면 된다.

　왜냐하면 진짜 자기 자신은 그때 죽었고, 지금의 나는 틀림없이, 그 누구도 아니니까.

　그렇다면── 그래.

　내가 없다면, 처음부터 이런 이름에 의미 따위는 없다.

　나는 태양의 힘 따위는 빌리지 않아도, 혼자서 강하게 일어설 수 있다.

　그렇다면──.

　아오이는 고양된 마음에 몸을 맡긴 채 게임기 본체 설정 화면을 키고, 그 칸도 열었다.

　그리고, 하나하나, 영혼에 새기는 것처럼 버튼을 입력해나갔다.

　자신이 텅 비었다는 것 정도는 알고 있다. 하지만, 그게 뭐

어쨌다는 건데.

그렇다면 그 공백을, 거머쥔 승리로 전부 메워버리면 그만이다.

자신이 아닌 다른 것이 준 것들을 전부 버리고, 텅 빈 것에도 의미를 줄 수 있다는 것을, 오로지 자신의 힘만 가지고 증명하면 된다.

그래서 그녀는, 『Aoi』를 지워버린 자리에 **알파벳 여섯 글자와 스페이스 하나**를 입력하고는──

그 처음 맛봤던 패배를 덮어씌울 각오로.

달성하지 못했던 목표를 지웠던 때보다, 더 뜨거운 열기를 담아서.

── 인생에 결의의 깃발을 세우는 것처럼, 가운뎃손가락으로 엔터키를, 힘차게 두드렸다.

그리고 그 일 년 반 뒤에.

그녀가 히나미 아오이로서, 약캐 nanashi와 어울리게 되리라는 것을── 이때의 NO NAME은 아직 모른다.

3

좋아하는 사람의
여자친구

너무 확실하게 말하면 가슴이 아프니까 조금 애매하게 말할까 하는데, 아무래도 나 나나미 미나미는 실연이라는 걸 하게 됐다는 것 같다.

　그런 느낌으로 자신의 감정에서 거리를 두고 멀리서 내려다보는 것은 내가 상처 입었을 때마다 하는 나쁜 습관이고, 그렇게 하면 조금이나마 편해지는 것 같은 기분이 들기는 하지만, 솔직히 그래봤자 별로 달라지지 않는 게 현실이고. 그런데도 어째선지 그만둘 수 없다는 게 현실 도피의 곤란한 점이라고 할 수도 있을 것 같다.

　하지만 조금이나마 칭찬해줬으면 한다, 그래 잘했다 장하다고 말해줬으면 한다, 왜냐하면 나는 좋아했던 남자의 등을 떠밀어서, 다른 여자가 있는 곳으로 뛰어가게 했으니까. 그러지 않았다면 지금쯤은 내가, 라고까지 말할 생각은 없지만, 그렇게 해서 결국 그 두 사람이 사귀게 된 건 사실이고, 한마디로 이건 심판이 삑~ 하고 호루라기를 불면서 3점이라고 선언할 수준의 골에 도움을 줬다고 해도 과언이 아닐까? 대단한데 미나미, 정말 대단해, 그런데 말이야, 문제는 그게 자책골이었다는, 점이지만.

　나는 나니까 나에 대한 전문가고, 나에 대한 건 누구보다 잘 알고 있다. 고 생각하다가 큰코다치는 건 항상 있는 패턴이고. 나는 예전부터 그것 때문에 고생해왔다. 아마도 이러는 쪽이 좋을 거라고 생각하면서 했던 일이 나 자신을 괴롭히고, 원했던 것을 누군가에게 양보해버리고. 하지만 그 누군가가 잘 됐으니까 그걸로 됐다고 생각하려고 하지만, 그러면서도 본심으로는 그렇게까지 완벽하게 생각하지도 못하고. 그런 짓을 몇백 번이나 반복하면서, 나는 과연 뭘 하고 싶었던 걸까.

왠지 맨날 나만 손해보네, 라고 생각을 하자마자 빨간 신호, 후회의 연쇄가 칭칭 감기면서 네거티브까지 뚝 떨어지고, 어둡고 깊~~은 곳에서 데굴데굴 굴러다니고 있다. 쓸려서 생긴 상처에서 흘러나오는 것은 아마 피보다는 눈물에 가깝, 기는 한데, 사실 피랑 눈물의 성분이 거의 같다는 건 알고 있었어? 같은 미미미 스타일 토막상식으로 어떻게 얼버무리기도 하면서, 대체 누구한테 멋있게 보이려고 하는 걸까.

그저, 딱 한 가지 알고 있는 것.

그것은 이번 겨울방학에, 나는 어딘가 답답한 기분으로 지내게 될 거라는 사실과 이번에야말로 내가 정말로 갖고 싶었던 것을 놓아버렸다는 사실. 그거 한 가지가 아니라 두 가지잖아 같은 사소한 문제는 따지지 말고 그냥 넘어가자고. 내 마음속에서는 이 두 가지를 세트로 해서 하나니까, 그냥 하나라고 하면 돼.

그럼 결국 어떻게 하기로 했냐고? 그런 건 한참 전부터 계속 똑같잖아.

나는 나답게 밝고 즐겁게, 그리고 시끄럽게 살아갈 거야.

* * *

그 일이 일어난 건 우연이었지만, 전혀 예상하지 못했다고 한다면 그건 거짓말이다.

왜냐하면 생각해보니까 정말로, 엄청나게 닮은 공간이었으니까.

"아…… 나나미 양과 나츠바야시 양……?"

연말의 어느 날. 문화제 뒤풀이가 끝난 며칠 뒤.

나랑 타마가 둘이서 눈이 쌓인 오오미야를 걷다가 들어간 멋진 카페에서, 그 일이 일어났다.

지금 테이블 맞은편 자리에는 타마가 앉아 있고, 눈앞에는 세상에, 후카가 서 있다.

"어, 후카?!"

이럴 수가, 후카는 메이드복을 입고, 손에는 물 잔이 올려진 쟁반을 들고 있다. 순간적으로 너무 예뻐서 눈의 요정인가 싶었지만. 여기는 실내니까, 아무래도 그건 아닌 것 같다. 그렇다면 후카는 아마도 여기서 일하고 있다는 뜻이고, 나는 꼬물꼬물하면서 얼굴이 발그레해진 후카를 빤히 쳐다봤다.

"뭐야 그 옷은?! 너무 예쁘다!"

후카는 평소에는 안 쓰던 안경을 썼고, 코스프레라기보다는 조금 어른스러운 느낌의 메이드 의상을 입었는데, 그것도 엄청나게 잘 어울렸다. 처음 본 순간에 나는 거의 KO 당해버렸다.

"대단하다 후카, 너무 완벽해! 그냥 그거 입고 학교 와줘!"

"저, 저기 그건……."

"사진 찍어도 돼?! 부탁이야! 나 혼자만 볼 테니까!"

"그, 그건……."

"밈미. 키쿠치 양이 곤란해하잖아."

집적대는 나한테, 타마가 도끼눈을 뜨고 쳐다보면서 한마디 했다. 그리고 바로 피식 웃고는, 질렸다는 것처럼 고개를 숙였다. 나는 타마의 저 빠르게 바뀌는 표정을 너무나 좋아하는데, 지금은 그 옆에 다른 귀여운 생물이 곤란해하고 있기까지 하니까 더블로 좋아서 미칠 지경이다. 완전히 하렘이라서, 추가 요금을 내라고 해도 어쩔 수 없을 것 같다.

"미안해, 밈미 때문에. 키쿠치 양, 여기서 아르바이트하는구나?"

"으, 응."

이상한 소리만 하는 나랑 대조적으로, 타마는 아주 상냥하게 키쿠치 양에게 말을 걸었다. 역시 에리카와의 일이 있었던 이후로 타마는 많이 부드러워졌고, 이제는 내가 없어도 괜찮을 만큼 다른 사람들과 잘 어울리게 됐다. 타마가 잘 자라줘서 난 정말 기쁘다, 응, 그래. 하지만 귀여운 건 귀여운 거니까, 난 앞으로도 계속 지금까지처럼 타마랑 어울릴 거지만.

"키쿠치 양한테 딱 어울리는 카페네."

타마가 가게 안을 빙 둘러보면서 말했다.

"그, 그런가요……? 고맙습니다."

"그런데 말이야, 언제부터 아르바이트했어?"

"막 2학년이 됐을 때부터였나……."

"그랬구나!"

타마랑 후카 양이 무난하게 대화를 하고 있고, 나는 그 모습을 손가락만 빨면서 지켜보고 있다. 왠지 타마가 평소보다 조금 더 적극적인 것 같다는 기분이 드는데 대체 왜 그런 걸까, 라는 생각을 하면서, 이 두 사람이 대화하는 멋진 장면을 무료로 볼 수 있다는 걸로 만족하기로 했다. 참고로 난 거짓말을 안 하는 여자니까, 손가락만 빨면서 지켜본다고 말했을 때는 정말로 손가락을 입에 물었다.

"저기, 그럼…… 주문이 정해졌을 때 다시 오겠습니다."

"알았어!"

"뭐야~ 후카 가는 거야, 쓸쓸해! 또 와줘!"

"아, 예."

나는 또 곤란해하는 표정을 보고 찌릿찌릿한 기분을 맛보면서도, 물 잔을 내려놓고 우리 테이블을 떠나는 후카한테 바이바이하고 손을 흔들었다. 후카도 아주 조금 어른스럽게 손을 흔들어줬는데, 그 모습이 또 내 가슴을 푹 찔렀다. 뭐야 너무 귀엽잖아.

"우와~ 이 가게 진짜 최고다."

"아직 아무것도 안 먹었잖아."

116 약캐 토모자키 군 8.5

"아, 그랬었지."

나는 생각지도 못한 만남 때문에 가슴이 두근거리면서 말했지만, 타마는 여전히 냉정했다. 그렇게 귀여운 생물을 보고 냉정하게 있을 수 있는 건, 타마도 마찬가지로 귀여운 생물이기 때문인지도 모른다.

"잘 어울리더라……."

나도 모르게 그렇게 중얼거렸다.

그치만 후카는 역시 귀엽거든. 어디 좋은 집안 아가씨가 아닌가 싶을 정도로 단아하고, 뭔가 향수 같은 느낌이 아니라 세제나 샴푸 같은 뉘앙스의 자연스러운 좋은 향기가 나고, 머리카락도 살랑살랑하고, 솔직히 무엇보다 얼굴이 좋다. 여자아이의 이상적인 요소들을 전부 담아놓은 것 같은 느낌의 완벽한 미소녀가 거기에 완성돼 있다. 그리고 그 아이가 메이드복까지 입고 있으니까, 이건 정말 엄청난 일이 아니겠어.

"그러게. 밈미도 입어보지?"

카마가 그런 소리를 했지만, 난 내가 메이드복을 입은 모습을 상상해보고는 음~ 하는 소리만 냈다. 왠지 아마도, 하나도 안 어울리지는 않을 것 같지만, 엄청나게 코스프레 같은 느낌이 드는 내 모습이 떠올랐다. 왜냐하면 난 후카처럼 페어리 같은 느낌이 아니고, 나처럼 시끄럽게 떠들어대는 메이드는 상상하기도 힘들잖아.

"뭐야, 난 그런 거 안 어울리잖아!"

그래서 나는 진심으로, 그렇게 대답했다.

　후카는 하늘하늘하고, 몸도 아주 날씬하고 하얀 게 꼭 인형 같아서. 그러면서도 마음속은 강한 것 같은 느낌도 드는, 이런 사람이 히로인이라는 느낌의 여자애라서. 움직임도 목소리도 하나같이 시끄러운 나와는 완전히 다르니까.

　그런 생각을 하고 있는데, 갑자기 마음속 밑바닥에서 시커먼 무언가가 샘솟는 게 느껴졌다. 왜냐하면 역시 남자들은 저런 여자애를——.

　"……밈미?"

　정신을 차려보니 타마가 내 얼굴을 빤히 쳐다보고 있다. 아, 이런 위험해, 지금 또 블랙 미미미가 되려고 했던 것 같다. 최근에는 조금만 방심하면 바로 블랙 미미미가 꾸물꾸물 자라나니까, 계속 신경 써야 한다.

　질투라든지 자기혐오 같은 것들은 자기도 모르는 사이에 마음속에 눈처럼 쌓여 있고, 아무리 치우려고 해도 결국 한쪽 구석에 쌓여서 남아 있는 경우가 많다. 결국 최종적으로 녹아서 사라질 때까지 기다려야 하니까, 최소한 그때까지는 함부로 말하지 않게 조심해야겠다.

　"……응~? 왜 그래 타마?"

　나는 아무렇지도 않은 척하면서 빙긋 웃어 보였다. 이렇게 웃는 건 내 특기니까, 타마가 아무리 예리하다고 해도 내 속을 들여다볼 수는 없다.

　"흐응. ……아무것도 아냐."

타마는 조금 마음에 안 든다는 것 같기는 했지만, 더 이상 캐묻지는 않았다. 뭔가를 알아차렸어도 내가 말하려고 하지 않으면 거기에 대해서 묻지 않는다. 나는 나고 남은 남, 이라고 확실하게 구분하고 생각하는 게 타마답고, 난 그런 부분을 존경하고 있다.

 "무슨 일 있으면 말해도 되니까."

 타마가 아무렇지도 않게 던진 말은, 퉁명스러우면서도 사랑이 넘쳐나고 있었다. 나는 그 말을 듣고서 Love, 라고 생각했다.

 "응. 고마워."

 그래서 나는 조금 망설였지만, 결국 말하지 않았다.

 타마는 내가 토모자키랑 사이가 좋다는 건 알고 있지만, 좋아한다는 말까지 해버렸다는 건 모른다. 딱히 숨기는 건 아니다. 하지만, 더 이상 타마한테 내 약한 모습을 보여주고, 응석을 부리고 싶지는 않았다.

 그리고── 지금 말해봤자 토모자키는 이미 키쿠치 양이랑 사귀고 있어서, 무슨 말을 해줘야 할지 모를 테니까.

 "저기저기, 우리 뭐 시킬까? 여기 다 맛있어 보이잖아?! 나도 배고파졌어!"

 난 역시 얼버무리고, 평소의 밝고 시끄러운 목소리를 꾸며내면서, 판타지 풍의 멋진 메뉴판을 봤다. 그리고 고개를 끄덕인 타마와 함께 그것을 빤히 쳐다봤다. 뭔가를 숨기려고 하는 말 같기도 하지만, 일단 절반은 사실이다. 왜냐하면 배가 고픈 건 진짜니까.

* * *

　그리고 우리는 식사를 마친 뒤에 느긋하게 시간을 보냈다. 주문했던 햄버그도 정말 최고로 맛있었고, 아쉬운 일이라면 점심시간이라서 바쁘다 보니 후카한테 전혀 집적대지 못했다는 점이다. 지금은 손님이 점점 빠져나가고 있으니까, 여기서부터 만회해야 한다.
　"와, 그나저나 홍차도 맛있다!"
　나는 식후 홍차를 우아하게 마시면서 말했다.
　평소에는 우유도 설탕도 잔뜩 넣어서 달콤하게 마시지만, 뭔가 제대로 하는 것 같은 가게니까, 라는 생각에 우유는 빼고 설탕은 조금만 넣어봤더니 이게 대성공. 은은한 단맛이 화사한 향기를 더 살려주는, 최고의 홍차가 됐다. 후후후, 나도 어른이 돼버린 것 같군요.
　"그러게! 맛있다."
　레몬티를 마시면서, 타마도 고개를 끄덕였다.
　"햄버그도 맛있었고, 후카도 귀엽고. 진짜 최고의 가게를 찾아냈네……."
　"일하는 데 방해하면 안 된다?"
　빈틈없는 타마가 내 속마음을 다 꿰뚫어 보고서 주의를 줬다. 여기서『나 말고 다른 여자애한테 관심 가지지 마!』라고 말해주면 정말 귀엽겠지만, 그런 생각은 정말 요만큼도 안 할 것 같다는 점이 더 좋다.

한참 동안 그런 시시한 이야기를 하고 있다가, 타마가 갑자기 자리에서 일어났다.

"잠깐 화장실."

"알았어~. 같이 가줄까?"

"아냐, 괜찮아."

그리고 타마는 나한테 쌀쌀맞게 대답하고서 화장실을 향해 걸어갔다. 그 뒷모습이 너무 귀여워서 나도 모르게 뒤쪽에서 돌격해버릴까 하고 생각했지만, 여긴 학교가 아니니까 참았다. 저는 때와 장소를 가릴 줄 아는 사람입니다.

혼자 남은 나는 심심해서, 어떻게 후카한테 말을 걸 수 있을까~ 하고 주위를 둘러봤다.

그런데.

"수고하셨습니다."

카페 출입구 쪽에서 아주 투명한 목소리가 들려왔고, 나는 깜짝 놀라서 그쪽을 봤다. 그랬더니, 거기에는 사복으로 갈아입고 카페 점원분들께 인사하고 있는 후카가 있었다. 좋았어, 잘됐다.

나는 기분 좋게 손을 흔들어댔다.

"후카~!"

내 목소리를 들은 후카가 이쪽을 봤고, 살짝 긴장한 느낌으로 미소를 지었다. 그리고는 천천히 이쪽으로 걸어오는

데, 이건 아주 좋은 집적집적 찬스.

"혹시 지금 일 끝난 거야?"

"아, 예. 그래요."

스마트폰을 봤더니 시간은 벌써 오후 세 시가 지났다. 아침부터 일하고 이쯤에서 퇴근하는 건가. 그렇다면 마침 잘 됐네.

"오! 그럼말이야, 언니랑 같이 차나 한잔 할까?"

내 안에 있는 귀여운 여자아이 레이더가 멋대로 작동했고, 나도 모르게 옛날 작업 멘트 같은 말이 튀어나왔다. 하지만 후카는 공략 난이도가 엄청나게 높아 보이니까, 아마도 거절하겠지~.

──그렇게, 생각했더니.

후카는 잠시 음~ 하고 고민한 뒤에, 이렇게 말했다.

"그러니까, 그럼…… 그럴게요."

그것은 엄청나게 큰 결심을 한 표정이었는데, 이건 약간 의외의 전개인지도 모르겠다. 지금은 타마도 없고 단둘이라서, 후카가 긴장한 걸까. 나도 웬일로 조금 긴장했다.

"저기, 싫으면 거절해도 되거든?"

나는 최대한 상냥한 목소리로 후카한테 말했다.

"아, 그러니까…… 괜찮아요. 싫지, 않아요."

"……그래?"

싫지 않다고 했지만 후카는 한눈에 봐도 긴장한 분위기고, 내가 불러놓고 이런 말 하기는 그렇지만, 그렇게까지 해가면서까지 내 제안을 받아들여 주는 이유를 이해하기가 힘들었다. 하지만, 같이 이야기해본 적도 거의 없었으니까, 좋은 기회인지도 모른다──.

그런 생각을 하면서, 조금씩 냉정해졌다.

그냥 별생각 없이 말을 걸기는 했는데, 이거, 혹시 좀 어색한 분위기인가?

왜냐하면 내가 전에 고백했던 남자의 지금 여자친구가, 바로 이 후카니까.

내 머릿속에서 여러 가지 생각들이 맴돌았고, 초조한 기분이 조금씩 커져갔다.

후카는 내가 토모자키한테 고백했다는 걸, 알고 있을까.

알고 있다면, 어떻게 생각하고 있을까.

만약에 모른다면, 말해줘야 하려나.

여기서 후카한테 밝히면…… 역시 신경을 써서, 앞으로는 토모자키랑 말을 안 하는 쪽이 좋을까.

그런 생각을 하고 있는데, 나랑 얘기하는 모습을 본 후카의 20대로 추정되는 여성 선배 점원이 밝은 목소리로 "뭐야! 키쿠치 양 친구?! 그럼 케이크 한 개 서비스해줘야지!"라고 말하는 바람에, 사태는 점점 더 돌이킬 수 없게 돼버렸다.

"고, 고맙습니다."

"저기……."

후카는 그런 점원분과 날 번갈아 보면서, 곤란하다는 것처럼 웃었다. 그리고.

"그, 그럼, 실례하겠습니다."

키쿠치 양이 내 맞은편에 앉았고, 조심조심 자세를 바로 잡았다.

"그, 그래. 앉아!"

그리고 나도 왠지 긴장이 옮은 것 같고.

그렇게 나와 후카의 일대일 대담이 시작됐다.

        * * *

"저기…… 그러니까."

후카는 허둥지둥 눈동자를 이리저리 움직이고 있는데, 그런 모습이 작은 동물 같고 귀엽다. 화제를 찾고 있는 것 같은데, 그런 건 이 미미미한테 맡기라고.

그렇게 해서, 나는 이런 말을 해봤다.

"우와~! 설마 브레인이랑 사귈 줄은 몰랐어!"

갑자기 돌직구를 날린 것 같기는 하지만, 이 타이밍에서는 이 이야기를 피하는 게 오히려 부자연스럽고── 그리고, 만약에 뭔가를 알고 있다면 한번 떠보고 싶다는, 그런 흑심도 있었으니까. 내가 생각해도 좀 치사하기는 하지만.

"역시 의외……인가요?"

후카는 날 엿보는 것 같은 시선으로 흘끗흘끗 쳐다보며 말했다. 화제가 화제다 보니 나도 안절부절못하면서, 최대한 평소 같은 태도를 유지하려고 했다.

"음~ 의외라고 할 정도는 아니겠지. 그런데 뭐라고 할까? 토모자키는 그런 데 관심 없어 보이잖아?"

내가 말했더니, 후카가 피식하고 재미있다는 것처럼 웃었다.

"아, 그건 그럴지도. 자기가 좋아하는 것 말고는 눈에 들어오지도 않는, 그런 느낌이 있어요."

"그치, 그치!" 나는 말하면서 웃었다. "게이머라서 그렇다고는 하지만, 좀 너무 극단적인 것 같잖아!"

"후후후. 그러게요."

"응, 그래."

그런 느낌으로, 둘이서 신나게 토모자키 이야기를 했다. 어라? 왠지 좀 친해진 것 같은데, 같은 생각을 하면서, 이 분위기를 보면 후카는 나랑 토모자키가 어떤 사이인지 하나도 모르는 것 같은데~ 하고 계산하고 있는 나는, 역시 좀 비겁한 건지도 모른다.

그런데 뭘까. 후카가 기뻐하면서 토모자키 얘기를 하는 걸 보니까, 왠지 조금, 마음이 따끔따끔 아프네.

나는 그런 내가 좀 싫어서, 그러면서도, 그렇게 생각해버리는 블랙 미미미를 막을 수가 없어서.

"그래서, 너희 둘이 어떤 얘기를 하는지 상상도 못 하겠어."

그렇게, 두 사람에 대해 알아내는 쪽으로 이야기의 방향을 움직여버렸다.

"어떤 얘기⋯⋯."

후카는 아주 조금, 생각하는 것처럼 위쪽을 바라봤고, 그리고 다시 입을 열었다.

"장래 이야기나, 살아가는 방법에 대해서⋯⋯?"

"생각보다 깊은 얘기를 하네?!"

튀어나온 단어가 너무 장대해서 나도 모르게 뿜어버렸다. 하지만 그것도 왠지 토모자키 답다는 생각도 했고, 그렇다면 반대로 나한테는 그런 부분이 부족했던 걸까~ 라고 생각했더니, 가슴이 꽉 조여 왔다. 왠지 내가 계기를 만들고 내가 상처 입고, 나 좀 이상한 거 아닌가요?

"혹시 말이야, 내 얘기 같은 건 안 했어~? 뒷담화는 절대로 용서 못 합니다!"

그리고 나는 나도 모르게, 거의 대놓고 물어버렸다. 나에 대해서. 정말로 물어보고 싶은 건 험담 같은 게 아니라 더 중요한 얘기인데, 좀 장난스럽게 얼버무리고 말았다. 이대로 가다간 언젠가 천벌이 내려올 것 같아.

"나나미 양 이야기⋯⋯ 말인가요?"

"응, 응."

"그러니까⋯⋯."

잠시 생각에 잠기는 시간이 있었고, 나는 그런 사소한 일 때문에 겁이 났다. 그리고 만약에 후카가 전부 알고 있다면,

지금, 내가 얼마나 치사한 짓을 하는지 훤히 들여다보일지도 모른다.

유난히 긴장되는 몇 초가 지나갔다.

후카는 난처하다는 표정으로 입을 열었다.

"딱히…… 역에서 집으로 가는 길이 같다는 얘기를 듣고, 사이가 좋구나~ 라고 생각한 정도려나요……."

"……음~ 그렇구나."

그 말투에서는 뭔가를 숨기는 것 같은 느낌은 전해지지 않았으니까, 아마 정말로 모르는 것 같다.

하지만 뭐라고 할까, 브레인이 내 얘기를 안 했다고 하니까 왠지 또 힘이 빠진다고나 할까, 아마도 브레인 성격을 보면 멋대로 말하는 건 좋지 않아, 라든지 그런 생각을 해줬을 것 같기도 하지만, 내 고백이 겨우 그 정도였던 거야 브레인?! 같은 소리를 하고 싶어지…… 잠깐, 내가 무슨 소리를 하는 거야?!

그나저나 냉정히 생각해보니까, 이렇게 떠보는 짓은 나쁜 짓이겠지. 이렇게 솔직한 사람을 곤란하게 만들고 말이야, 좀 나쁜 짓을 했다는 기분이다.

"저기, 사실은 말이야."

그래서 나는, 그런 내 마음에 대해 속죄하기 위해서, 자백하기로 했다.

"나…… 얼마 전에, 브레인한테 말이야. ……좋아한다고 했었거든."

"예에?!"

"그래서, 두 사람이 어떤 얘기를 하고 있는지 상상도 못 하겠거든."

그렇게 말했더니, 후카는 눈이 휘둥그레져서 깜짝 놀랐고, 지금까지 들어본 적이 없을 정도로 큰 소리를 냈다.

"아, 미안해, 갑자기."

"아니, 저기, 그게……."

그리고 후카는 무슨 말을 해야 좋을까, 같은 느낌으로 시선을 이리저리 옮겼다. 아, 생각해보니 그러네. 눈앞에 사실은 사랑의 라이벌이었다고 말하는 여자가 있고, 하지만 지금은 자기가 그 남자랑 사귀고 있고, 그렇게 되면 뭐라고 말해야 좋을지 고민할 만도 하겠지. 사귀고 있는데 그런 말을 들으면 그저 곤란할 뿐일 테니까. 내가 빼앗아서 미안하다고 말하는 것도 뭔가 아니고, 그렇다고 반대로 여유 있는 태도로 대응하는 짓을 할 정도로 못된 애도 아니니까, 결국 곤란하게 만들어버렸다.

"……아하~! 내가 졌어!"

그래서 내가 할 수 있는 건 역시, 즐겁고 시끄럽게 구는 것뿐이고.

"저, 졌어요……?"

"왜, 나도 브레인을 좋아했었잖아! 하지만 브레인이 선택한 건 후카잖아. 한마디로 사랑은 전쟁! 서로 원망하기 없이!"

"저, 전쟁……."

"그래, 그러니까 뭐랄까, 신경 쓰지 마…… 라고 해서 안 쓸수도 없겠지만, 그래도 확실하게 해두고 싶었을 뿐이니까!"

내가 척, 하고 엄지손가락을 세워 보이면서 평소처럼 분위기를 풀어주려는 것처럼 말했더니, 후카가 진지한 표정으로 날 보고 있었다.

그리고 약간 겁먹은 것 같은 표정인 채로, 그러면서도 차분한 목소리로, 이렇게 말했다.

"저기, 저는…… 전쟁이라든지 그런 게 아니라고 생각해요."

"뭐. 그, 그래?"

나는 딱히 별생각도 없이 가벼운 기분으로 전쟁이라는 소리를 했기 때문에, 거기에 대해 돌아온 진지한 목소리에, 나도 모르게 당황했다. 뭔가 그런 적당한 구석이 안 좋은 걸까~ 같은 생각을 하면서, 그래도 그걸 들키는 건 싫으니까, 나도 모르게 숨기려는 것처럼 얼버무리고. 왠지 아까부터 나 혼자 헛스윙만 하는 것 같다.

"사람과 사람이 연인이 되는 데는, 여러 이유가 있다고 생각해서……."

"……응."

살짝 서툰 말로 전해주는 후카의 생각. 그것은 틀림없이, 후카 나름대로 나와 마주하려는, 그런 느낌이 든다. 그렇다면 나도, 치사하면 치사한 대로 확실하게 마주해야만 해.

"목표로 삼는 것이 서로 비슷하다든지, 단순하게 같이 있으면 즐겁기 때문이라든지…… 그것이, 서로에게 없는 것을 메워주는 존재라든지…… 그런 거라고 생각하는데요."

그리고 후카한테서 나온 말은, 나한테도 마음에 걸리는 게 있는 내용이었다.

"그거, 왠지 알 것 같아. 나도 누굴 좋아할 때, 그런 경우가 많은지도 모르겠네."

"후후. 그러게요. 저도 그래요."

후카가 살짝 짓궂게 웃었다.

"어. 그럼 후카도 말이야, 지금까지 꽤 많은 사람을 좋아했었다는 얘기구나?"

"물론이죠. 저도 여자니까."

"헹~! 왠지 의외다."

그리고 나는 후카와 얼굴을 마주 보며 웃었다. 왠지 갑자기 거리가 가까워진 것 같은 기분도 드는 게, 역시 여자들끼리 친해지는 데는 사랑 얘기가 제일이라니까. 처음 시작이 내 치사한 질문이었고, 그건 반성하고 있지만.

"서로 메워준단…… 말이지."

그 말을 되풀이하면서, 바늘 같은 뭔가가 내 가슴을 따끔따끔 찔러대는 걸 느꼈다.

"……그 얘기는 아마, 어느 한쪽만 일방적으로 메워주면 안 된다는 뜻이겠지."

내가 그렇게 말했더니, 후카는 투명하고 매력적인 눈으로 날 빤히 쳐다봤다.

그리고 그대로 느릿한 어조로, 이렇게 말했다.

"──나나미 양은, 그랬었나요?"

갑자기, 내 마음속을 전부 들여다보는 것 같은 조용한 박력이 덮쳐왔다. 대화나 커뮤니케이션이 제일 큰 특기라고 생각했던 내가, 어느샌가 말문이 막히고 있었다.

하지만 그것은 억지로 파고들어 왔다기보다는, 단순히 깊은 곳을 전부 들여다보인 것 같은 감각이고.

──나만 일방적으로 메워줬을 뿐인가, 라는 건, 나한테는 꽤나 뼈아픈 얘기다.

"그, 그게……."

"아…… 죄, 죄송해요, 갑자기. 실례, 겠죠."

"아, 아냐!"

갑자기 마음 속 깊은 곳까지 전해지는 것 같은 말이 날아와서 깜짝 놀랐지만, 실례라고 할 정도는 아니다. 오히려 후카 쪽이 솔직할 뿐이고, 내가 빙 돌아가는 것처럼 말하는 게 문제다.

그리고, 조금 생각했다.

이런 이야기를 던져놓고, 게다가 떠보는 것 같은 짓까지 했으니까.

조금쯤은 숨기고 싶은 마음을, 내 스스로 털어놔야 하는 건 아닐까.

"내가…… 생각하기에 말이야."

"예."

내가 입을 열자, 후카는 진지한 표정으로 내 말을 들어줬다.

"아마도…… 난 토모자키한테, 마음속에 굳은 심지가 있는 부분에 끌렸고."

"심지……."

후카는 납득한 것처럼 고개를 끄덕이더니 다시 말없이 내 말을 들어줬다.

"토모자키를 좋아했던 것도…… 부족한 부분이 메워진 것 같은 기분이 들어서 그랬던 것 같거든."

내가 애매한 느낌으로 말했더니, 후카는 음~ 하고 진지하게 생각해줬다.

"부족한 부분이 메워진다는 건…… 같이 있으면 조금 강해졌다, 같은 건가요?"

"음~? 그런 얘기겠지?"

"그러니까…… 토모자키 군과 같이 있을 때의 자신을, 좋아하게 됐다, 든지."

"아…… 그건 맞는 것 같아!"

그 말을 듣고 바로 납득해버렸다. 분명히 나는 토모자키랑 같이 있을 때면 그 마음속의 굳은 심지 같은 게 전염된 것 같은 기분이 들었고, 그래서 마음이 편해졌고. 평소에는 나 자신을 그렇게 좋아하지 않았지만, 브레인이랑 있을 때의 나 자신은 좋아할 수 있었다.

"후후. 이해해요. 토모자키 군은 기가 약하면서도, 그런 강한 구석이 있으니까요."

후카가 하는 말이 너무나 깔끔하게 이해가 됐고, 그래서 나도 모르게 웃어버렸다.

"아하하. 그건 나도 엄청 알아."

하지만 동시에── 점점 가슴에 메어오고, 숨이 막히는 기분을 느꼈다.

"스스로 이거라고 정하면, 무슨 일이 있어도 앞을 보면서, 포기하지 않고 나아가잖아요."

"……응."

약한데 강하고.

"누가 뭐라고 한다고 해서, 자기 뜻을 굽히는 일도 없고……."

겁쟁이면서도 망설임이 없고.

"자신을, 믿고 있다는 뜻이겠죠."

이런 생각을 하는 건, 정말 못된 짓이겠지.

하지만, 이 어떻게 할 방법도 없이 마음이 차가워지고 움츠러드는 감각은, 속일 수가 없다.

왜냐하면, 생각을 해버렸으니까.

그런 토모자키의 멋진 부분을 알고 있는 사람이── 나 하나뿐이었으면, 싶다고.

차인 사람이 이런 생각을 하는 건 좋지 않다는 것쯤은 알고 있다.

오히려 후카야 말로 토모자키가 선택한 사람이고, 그렇다면 이 정도는 당연하다고 납득하는 편이 옳다는 건 알고 있다.

　하지만 내 안에 있는 내가 이렇게 외치고 있었다.

　"저도…… 그런 부분은 멋지다고 생각해요."

　"아하하…… 그렇지. 응, 알고 있어."

　나는 후카의 말을 들으면서 점점 더 괴로워졌다.

　귀를 막고 싶어질 정도로.

　하지만, 그런데도 나는 후카가 싫어할 수 없었다.

　왜냐하면―― 후카가 말하고 있는 모든 게, 마음 깊은 곳에서 맞다고 생각했으니깐.

　자신이 좋아하는 사람에 대해서 이렇게 칭찬하는 사람을 싫어한다고 말할 수 없다.

　"그래…… 그렇구나."

　그리고 동시에, 실감하고 있었다. 이런 기분이 든다는 건, 역시――.

　"나 말이야. 아마도 아직, 토모자키를 좋아하는 것 같아."

　"……예."

　그래서 나는, 그 사실을 말하기로 했다.

　"아직 토모자키를, 포기한 게 아니야."

　"예. ……그럴 거라고 생각해요."

　후카는 복잡한 표정으로, 그러면서도 똑바로, 날 보고 있다.

그 눈동자에, 적개심이나 분노는 보이지 않는다.

"나쁜 짓을 할 생각은 없지만, 내 감정에 따라서 솔직하게 행동하고 싶거든."

그것은 선전포고라기보다, 내 마음속에서는 선수 선서에 가까운 것이고.

"그래도, 괜찮을까."

믿을 수 없을 만큼 대담한 소리를 했지만, 어째선지 내 마음은 아주 차분했다.

"저는…… 좋아한다는 마음에 오답은, 없다고 생각해요."

"오답?"

갑자기 이상한 소리를 한 후카가 고개를 끄덕였고, 나는 똑바로, 내 생각을 있는 그대로 터트리는 것처럼.

"강한 사람을 동경해서 좋아하게 되는 경우도 있고, 약한 사람을 돕는다는 역할에 의존해서, 좋아하게 되는 경우도 있다고 생각해요. 따라오는 누군가를 좋아하게 되는 일도 있고, 질투에서 시작된 감정이 가속하는 경우도 있죠."

"그건…… 그렇겠지?"

나는 숲처럼 조용한 말에 휘말려서, 천천히 고개를 끄덕였다. 하지만, 결국 후카가 무슨 말을 하고 싶은 건지는 알 수가 없었다.

내가 가만히 보고 있었더니, 후카는 아주 조금 무슨 말을 해야 좋을지 망설이면서.

"그게 어떤 이유가 됐건…… 좋아한다고 생각했다면, 그게 옳은 거예요."

후카는 어째서인지, 날 열심히 설득하는 것처럼.

"그래서 저는── 나나미 양이 토모자키 군을 좋아한다는 마음을, 존중하고 싶어요."

이런 말을 해주는 후카를, 역시나, 싫어할 수가 없었다.

"……그렇구나. 고마워."

나는 솔직하게 고맙다는 마음을 전했다. 솔직히 설마 내가 좋아한다는 마음을, 토모자키의 여자친구인 후카가 긍정해줄 거라고는 생각도 못 했었으니까.

조금 지나서, 키쿠치 양은 뭔가를 깨닫고서 서둘러 수습하려는 것처럼 이런 말을 했다.

"아. ……저기, 죄송해요. 그, 그런 말을 할 입장이, 아닐 수도 있지만……."

"아하하. 그것도 그러네."

"그, 그렇겠죠……!"

그리고 허둥지둥 당황하는 키쿠치 양도 역시 귀여워서. 나는 싫어하기는커녕 오히려, 이 사람이 좋아질 것 같다는, 그런 생각까지 했다.

"고마워. 정말로."

　　　　* * *

그러고 있는 와중에 타마가 돌아왔고, 토모자키 이야기는 끝났다.

셋이서 연극이나 수험 이야기를 하고, 한 시간 정도 지나서 해산하기로 했다.

"저기…… 그럼 전, 서점에 들러야 해서."

"알았어~! 고마워, 후카! 즐거웠어."

"조심해서 가!"

우리 둘이 배웅하는 인사를 했더니, 후카는 웃는 얼굴로 손을 흔들어줬다.

"나도, 재미있었어! 그, 그럼!"

"바이바이~!"

"그럼."

나는 힘차게 손을 흔들면서, 또다시 괴로워했다. 저 후카의 입에서 나온 『재미있었다』는 말, 나한테는 감당하기 힘들다.

역과 반대쪽으로 가는 후카의 등을 바라보며, 나는 멍하니 타마한테 말했다.

"정말이지, 신기한 조합이었어."

그리고 내가 빙글, 역 쪽으로 몸을 돌렸더니, 타마는 내 말을 무시하고 내 등을 향해서 이렇게 말했다.

"밈미 너 말이야, 토모자키 좋아했었지?"

"뭐라고?!"

여전히 엄청난 강속구로 날아온 타마의 말을 듣고, 나는 엄청나게 큰 소리를 지르면서 뒤를 돌아보고 말았다. 아까도 후카랑 깊은 이야기를 했었는데, 오늘은 뭔가 그런 날인가?!

"어, 어, 어, 어째서?!"

"딱 보면 알거든?"

타마가 더 이상 의심할 여지도 없다는 느낌으로 말하고 있는 게, 아무래도 어떻게 얼버무리고 넘어갈 수도 없을 것 같습니다.

"그, 그러니까…… 뭐, 조, 좋아하기는 했……는데."

"역시나."

타마는 한심하다는 것처럼 후우, 하고 한숨을 쉬었는데, 뭔가 엄청난 여유가 느껴진다. 몸은 어린이, 두뇌는 어른이라는 느낌이다.

"키쿠치 양이랑, 괜찮았었어?"

또 돌직구로 날아온 말을 듣고서 깜짝 놀라면서도, 역시 타마는 많이 부드러워졌구나, 하고 실감했다.

그렇구나. 그 상황을 봤고, 그래서 말하려고 생각했구나.

"걱정해주는 거야?"

"그야 뭐, 할 만도 하잖아. 화장실 갔다 와서 자리로 가려고 했더니, 뭔가 복잡한 분위기였으니까."

"아…… 어라, 응?"

거기서 조금 마음에 걸리는 게 있었다. 그러니까 자리로 오려고 했더니, 라는 얘기는…….

"타마, 혹시 딴 데서 시간 보냈어?"

그랬더니 타마는 싸~한 표정으로.

"당연하지. 나, 그런 자리에 끼어들 정도로 분위기 파악 못 하는 사람 아니거든?"

"아하하, 타마한테서 분위기 파악이라는 말이 나올 줄이야."

"파악하고 싶을 때는 파악할 때도 있어."

"흐응……"

나는 왠지 기쁜 기분을 맛보면서, 후카와 이야기한 내용을 다시 한번 생각해봤다.

그것은 굳이 따지자면 서로를 이해하기 위한 진심의 교환이었고.

"괜찮았어. 내 마음을 확실하게 말했고, 싸우지도 않고 서로 마음을 주고받았으니까."

"정말로?"

"응."

나는 고개를 끄덕였다.

하지만, 나한테는 아직 조금 미련 같은 것이 남아 있었다.

"……저기. 내가 브레인을 좋아하게 됐던 건…… 브레인의 강한 점에 기대고 싶어서 그랬던 걸까?"

"무슨 소리야? 갑자기."

"그러니까, 키쿠치 양이랑 그런 얘기를 했거든. 토모자키를 좋아하게 된 이유, 같은."

"흐음……"

타마는 내 표정을 관찰하는 것처럼 쳐다보며, 살짝 맞장구를 쳤다.

"밈미는, 그냥 기대고 싶었던 것뿐이라고 생각해?"

"응."

"왜?"

깜짝 놀랄 정도로 솔직하게 물어본 그 말에, 나는 어떤 의미로는 안심하면서도 그러니까~ 하고 답을 생각했다. 내가 토모자키를 좋아하게 된 이유.

그건 아마도, 후카랑은 다른 부분 때문이다.

난 타마를 똑바로 보면서, 같이 내 자신을 돌아보는 것처럼.

"……나 혼자서 나 자신을 지탱하기가 힘드니까, 그렇다고 나 자신을 바꾸는 건 더 힘드니까, 원래 강한 사람한테 기대볼까~ 하고."

왠지 분위기를 타고서 엄청나게 무거운 말을 해버리기는 했지만, 타마는 변함없는 표정으로 그 말을 들어주고 있다.

"그렇다면…… 그건 의지했을 뿐이고, 정말로 좋아했다든지, 그렇게 말해도 되는 걸까, 싶기도 하네. 후카는 그래도 괜찮다고 했지만."

후카는 뭐라고 할까 생각하는 게 토모자키랑 가까운 부분이 있고, 성격이나 인간성 같은 것도 조금 비슷하고. 그래서 여러 가지 이유가 생겼고, 결국 사귀게 된 것 같다고 생각했다.

하지만 거기에 비해서 나는, 그냥 내 짐의 무게를 맡아줄 상대라고 생각했기 때문에, 같은 이유였던 걸까, 라고 생각해버렸다.

타마는 내 당돌한 이야기를 잘 들어주고, 진지한 표정으로 거기에 대해 생각해줬다.

"음~ 내 생각에는, 말인데."

"응."

그리고 타마는, 어딘가 실감이 담긴 것 같은 투로.

"그걸 받아주는 쪽은, 분명히 정말 무겁다~ 라든지, 힘들다~ 라고 생각할지도 모르겠네."

"여, 역시 그렇겠지."

나는 그 말이 푹, 하고 내 가슴을 찌르는 걸 느꼈다.

"응. 그래도 말이야?"

그리고 타마는 빙긋, 감싸주려는 것처럼 웃고,

"……누군가가 자기한테 기대는 게, 따뜻하다고 생각하는 경우도 있거든?"

톡톡, 자기 가슴께를 두드렸다.

"그러니까, 그런 건 너무, 신경 쓰지 않아도 된다고 생각해."

나는 타마의 그 한마디를 듣고, 마음이 확 가벼워졌다.

"……아하하. 고마워. 뭔가 엄청나게 도움이 됐어."

"무슨 말씀을."

그리고 솔직한 감사의 말을 듣고 거만한 표정도 지을 수 있게 된 장난꾸러기 타마가, 난 역시 너무나 좋다고 생각했다.

난 어쩌면, 타마도 후카도 토모자키도 좋아하고── 어떤 의미에서는 엄청나게 행복한 사람인지도 모르겠다.

"우와, 역시 인생에는 별일이 다 있구나."

타마랑 같이 걸어가는, 겨울 하늘 아래.

오오미야 시내에는 아직 눈이 길가에 쌓여 있지만, 따뜻한 햇살을 받아서 조금씩 녹기 시작했다.

4 거짓말과 아침 햇살

메구로에 있는 아파트의 한 방.

갑자기 몸에 닿은 종아리의 감촉 때문에 눈을 뜬 남자는, 뒤에서 등을 돌리고 스마트폰을 만지고 있는 레나의 어깨에 팔을 감았다.

"레나, 잘 잤어."

남자는 레나의 귓가에 입을 대고 속삭였고, 뒤쪽에서부터 뻗은 팔로 그 몸을 부드럽게 감쌌다. 젤라토 피케*의 얇은 룸 웨어를 통해서 피부의 탄력이 전해졌고, 그 머리카락에서는 살짝 땀 냄새가 났다.

"응~?"

레나는 콧소리 섞인 목소리로 대답하고는, 누운 채로 보고 있던 트위터 앱을 닫았다. 마침내 남자의 팔을 받아들여서 그 팔을 자기 목에 감고는, 남자에게 빈틈이 있는 미소를 지어 보였다.

"……안녕. 내가 깨웠어?"

"응. 그래도 괜찮아."

"그래~?"

레나는 꾸물꾸물 허리를 움직여서 몸을 남자 쪽으로 돌렸다. 그대로 팔을 뻗어서 남자의 목 뒤쪽에서 자기 손을 맞잡았다. 팔 사이에서 강조된 가슴은 아주 조금, 남자의 몸에 닿아 있다.

레나는 눈을 살짝 치켜뜨고 남자를 보면서, 뭔가를 요구

---

* gelato pique. 일본의 의류 브랜드

하는 것처럼 입을 열었다.

"……저기."

"왜?"

남자가 살짝 기대하는 목소리로 말했다. 레나는 촉촉한 눈으로 남자를 놓지 않고, 흥분을 감추지 않는 목소리로 계속 말했다.

"알잖아?"

"뭔데?"

잡아떼는 남자에게, 레나는 응석 부리는 것처럼 몸을 가까이 들이댔다. 두 사람의 몸이 밀착하고, 체온도 부드러운 촉감도, 전부 전해진다.

레나의 입술이 살며시, 그의 귀에 닿았다. 숨결 섞인 목소리가, 고막을 간질인다.

"저기. ————한 번 더."

그 말이 기폭제가 돼서, 남자의 팔이 아주 조금 난폭하게 레나를 끌어안았다.

＊ ＊ ＊

그 몇 시간 전. 연말의 어느 날 밤. 아직 눈이 남아 있는 도쿄 시내.

레나는 시부야에 있는 프리 스페이스의 한 방에 있었다.

간단한 의자와 테이블과 주방이 있는 그 방에는 남자 열두 명, 여자 세 명, 총 열다섯 명이 모여 있다. 그 하얀색을 바탕으로 한 심플한 공간에서는, 유명 FPS 게임을 좋아하는 사람들이 오프 모임을 가지고 있었다.

시간은 밤 열 시가 넘었다. 시작된 지 2시간 정도 지난 오프 모임에서는 자리도 거의 자유석이고, 각자 이야기하고 싶은 사람 곁으로 가서 마음대로 이야기하는 그런 분위기가 되어 있었다.

레나는 그런 실내의 분위기를, 취한 머리로 혼자서 멍~하니 바라보고 있다.

"얼마 전에 올린 동영상이 말이야……."

"아, 그럼 트위터 아이디 좀……."

많이 취한 레나의 머릿속에 시끌시끌 즐거워 보이는 목소리가 울리고, 기분이 두리둥실 고양되면서 실내의 분위기에 녹아들어 갔다. 오버 사이즈의 검은색 니트 밖으로 튀어나온 어깨는 빨갛게 닿아 올라 있고, 레나는 그렇게 술에 취했다는 것이 알기 쉽게 몸에 드러나는 걸 싫어하지 않았다.

"레나, 마시고 있어?"

기분 좋게 턱을 괴고 있던 레나 옆에 앉으면서 말을 걸어온 남자는, 참가자 중 한 사람인 람보다. 람보라는 건 닉네임이고, 레나는 그 남자의 본명을 모른다. 이 사람은 소위말하는 평범한 샐러리맨처럼 생겼고, 나이는 30대 초반 정도. 평소에는 인터넷에서 영상 편집자로 활동하고 있다는 이야기를 들었다.

그 뒤쪽에서 그의 후배이자 게임 실황 중계를 하는 하마 영감도 따라왔다. 물론 이쪽도 닉네임이다.

"마시고 있거든~? 람보 씨야말로 마시고 있어?"

나이가 한참 많을 람보에게, 장난스러운 톤으로 대답하는 레나. 두 사람은 오늘 처음 만났고, 아직 그렇게 많은 이야기를 나눈 것도 아니지만, 레나는 마치 친구라도 되는 것처럼 그를 대했다. 하마 영감은 그런 두 사람을 한 걸음 뒤쪽에서 보고 있다.

"나? 물론 마시고 있지."

람보는 그런 가까운 거리감의 말을 아무렇지도 않게 받아들였고, 오히려 어딘가 기쁘다는 것처럼 표정이 풀어졌다. 까딱하면 실례가 될 수 있는 언동을 간단히 받아들였다는 데서, 레나는 가볍게 황홀한 기분을 맛봤다.

"정말로~?"

"당연히 정말이지."

거기에서 느껴지는 것은 길들였다는 감각. 젊은 자신이 고양이처럼 품 안으로 파고들면, 어떤 종류의 남자는 견디지 못하고 뭔가를 기대하는 것처럼 꼬리를 흔들어댔다. 그것을, 그녀는 경험을 통해서 잘 알고 있다.

"뭐야, 레나 잔이 비었잖아. 뭐 마실래?"

어딘가 연기하는 것 같은 톤으로 말하는 람보에게, 지금까지 가만히 있던 하마 영감이 "뭘로 드실래요~!"라면서, 자기 자리를 챙기려는 것처럼 끼어들었다. 레나는 그 내용이라고는 없는 말을 듣고 쓸쓸하게 웃었다.

"뭘로 마실까…….'

두 사람의 언동을 하나하나 떠보는 것처럼, 천천히 감정했다.

람보의 시선은 빤히, 자신에게 향해 있다. 하지만 이쪽도 그쪽을 봐서 눈이 마주치면, 조금 지나서 못 견디겠다는 것처럼 눈을 돌려버린다. 알아차리지 못했다고 생각한 걸까, 자신의 눈을 한 남자의 시선은 흘끗흘끗 니트 때문에 강조된 가슴과 옷자락 밑으로 뻗은 다리 쪽으로 향했고, 마침내 벽이나 스마트폰 등에 가서 멈췄다.

하마 영감 쪽은 더 심해서, 도망치는 것처럼 시선은 람보 쪽을 보기만 했고, 단 한 번도 이쪽과 눈을 마주치지 않았다. 그런가 싶더니 이쪽이 안 볼 때만 흘끗흘끗, 핥는 것 같은 시선으로 쳐다본다.

레나는 대답을 보류한 채로 마음속으로 살짝, 한숨을 쉬었다.

또, 이런 타입인가──.

"……내가 만들어올까?"

람보가 침묵을 견디지 못하겠다는 것처럼 말했다. 『같이 만들러 가자』가 아니라 『만들어올까』라는 아양 떠는 제안이, 그녀의 마음을 더 차갑게 만들었다.

람보의 실실 웃는 여유라고는 없는 표정, 또는 여전히 이쪽을 엿보고 있는 하마 영감 쪽을 흘끗 보고, 레나는 빙긋 웃으면서 말했다.

"괜찮아~ 내가 만들 테니까. 조금만 기다려."

"아, 그래?"

"알겠습니다~!"

──재미없는 남자.

마음속에서 그렇게 딱 잘라버린 레나는 자리에서 일어났고, 조금 떨어진 카운터 키친 쪽으로 걸어갔다.

니트 밖으로 크게 드러난 빨갛게 달아오른 어깨. 짧은 옷자락 아래로 뻗어 있는, 살색 스타킹으로 맨다리처럼 보이게 만든 긴 다리. 슬쩍 뒤쪽을 확인해봤더니, 두 사람의 축축한 시선이, 뭔가를 바라는 것처럼 자기 몸을 보고 있다는 걸 알 수 있었다.

날, 원하고 있다.

레나는 그 사실 때문에 흥분했고, 아랫배 언저리에서 만족감이 스멀스멀 퍼져나가는 것을 느꼈다.

저 두 사람은 날 원하고 있다.

하지만, 나를 손에 넣을 수 없다.

걸어가면서 빈 잔을 기울여서, 얼음이 녹아서 생긴 찬물을 목구멍 속으로 흘려 넣었다. 투명한 액체가 입 안을 차갑게 가득 채워줬지만, 마음속은 슬며시 뜨겁다.

기다려, 라고 말하기는 했지만── 그녀는 그 자리로 돌아갈 생각이 없었다.

* * *

　레나가 이런 오프 모임에 올 때마다, 복수의 참가자들이 그녀에게 말을 걸었다.

　예쁜 얼굴, 여자다운 몸. 그것들을 강조해주는 화장과 자신의 여자다운 부분을 보다 선정적으로 보여주기 위해서 고른 옷과 신발. 그거들은 전부, 남자가 자신을 원하게 만드는 데 특화돼 있다.

　그녀는 원하지 않는 남자의 구애를 조금 짜증 난다고 여기기는 했지만, 그 이상으로 자신을 원한다는 사실에서 오는 흥분이 마음을 촉촉하게 적셔줬고.

　그리고, 남자가 호기심 어린 눈으로 쳐다볼 때, 그녀는 꼭 이런 생각을 한다.

　여자는 항상 거짓말쟁이고, 남자는 항상 정직하다는 생각을.

『──나 말이야, 레나랑 정말 궁합이 좋다고 할까, 꾸미지 않고 있을 수 있어.』

『──저리 가. 배신자.』

『──우와……! 역시 우리, 궁합이 최고야.』

『──신경 쓰지 마. 그런 건 친구가 아니잖아.』

"──!"

레나는 주방 창가에서 턱을 괸 채로 얼굴을 찌푸렸다. 창 밖에 보이는 것은 녹기 시작한 눈이 남아 있는 시부야의 번화가. 한쪽으로 치워져, 심지어 짓밟혀서 엉망진창이 돼버린 눈이, 왠지 본성을 드러낸 인간의 모습과 닮았다는 생각이 들었다.

레나는 그런 눈을 멍하니, 의미도 없이 바라봤다.

알코올 때문에 흠뻑 취한 머릿속에 떠오르는 것은, 3년 전의 시시한 기억.

──당시에, 레나는 만 열일곱 살의 여고생이었다.

그 시절부터 외모도 몸매도 완성되어가고 있던 레나는, 동급생, 특히 남자들한테 특별한 존재였다. 그것은 굳이 따지자면『사귀고 싶다』보다『놀고 싶다』고 여겨지는 쪽이었고, 그녀 자신도 그 사실을 어느 정도 인식하고 있었다.

교복 치마를 짧게 올려 입은 건 그녀의 생각이었지만, 체육복을 입기만 해도 몸매가 강조되는 건 그녀의 의지가 아니었고. 적어도 당시의 레나는 자신의 여자다운 부분을 귀찮다고 생각할 만큼, 보통 여고생이었다

그런 좋은 외모가 끌어들인 것처럼, 레나는 소위 말하는

반의 톱 카스트 그룹에 소속돼 있었다. 그것은 마음이 맞는 동료라기보다는 생김새가 좋은 사람들이 모여서, 서로가 서로를 액세서리로 사용하며 자신의 지위를 굳히는 것 같은. 이해관계의 일치에 가까운 관계였다.

"──어라? 레나, 네일 새로 했어?"

"아, 봤어~? 역시 쇼코라니까. 좀 세게 해봤지."

"뭐야~ 블랙이랑 핑크 귀엽다. 레나는 그런 거 잘 어울린다."

"그래? 고마워~."

톱 카스트 그룹에서의 대화는 만날 때마다 서로의 미의식을 확인하고, 감시하는 것 같은 감각에 가까웠고. 경쟁하는 것처럼 자신을 업데이트했다.

그녀들은 때로는 그런 경쟁 상대로서, 그리고 때로는 도당을 짜서 다른 그룹과 싸우는 동료로서. 어떤 의미에서는 마음이 맞는 시간을 보냈다.

"레나 너 말이야, 뭐든지 숨기지 않고 말해주잖아."

"뭐야 그게? 뭐, 내가 거짓말을 안 하기는 하지만~."

"그런 점을 믿을 수 있다는 부분이, 정말 마음이 맞는 것 같아."

"흐응?"

그런 말에 깊은 신뢰가 담겨 있는지 아닌지는 다른 문제지만, 레나가 그 말에서 기쁨과 승인을 느끼지 않았다고 한다면, 그것은 거짓말이 된다.

만약에 그녀에게 특수한 부분이 있다면, 다른 사람보다 취미를 깊이 파고드는 경향이 있다는 점이겠지.

그녀는 톱 카스트 그룹에 소속된 동시에, Deep한 취미를 가진 멤버들이 모인 그룹에도 소속돼 있었다. 비주얼계 밴드를 좋아하는 여자, 인터넷 방송 BJ의 팬, 남자 지하 아이돌 팬, 그리고 레나가 좋아하는 온라인 게임. 생김새는 예쁘고 화려하지만, 어딘가 정도에서 벗어난 사람들이 반이라는 벽을 넘어서 만나는, 소규모 코어 그룹.

레나로서는 어느 쪽이 자신의 진짜 얼굴인지 구분할 수 없었지만, 굳이 따지자면『생김새가 예쁜 나』『취미야 열중하기 쉬운 나』. 그런 두 가지 자신을 학교라는 커뮤니티에 적응하는데 필요한 장소였다, 라고 말해도 될지도 모른다.

하지만, 그런 특수한 처신이 그녀를 작은 다툼에 말려들게 되었다.

어느 날 방과 후. 레나는 같은 반 카렌과 같이 하교하고 있었다.

카렌은 인터넷 방송 Twit Casting의 애청자였고, 여러 명의 BJ를 좋아하는, 코어 그룹의 멤버다.

"──그래서 말인데, 그날 어때? 우리 집에서 할 예정이거든."

"응. 괜찮아."

카렌이 묻고, 레나가 대답한다.

두 사람이 이야기한 것은 그룹 멤버가 빠져 있는 게임에 대한 것. 스마트폰으로 할 수 있는 FPS 게임이고, 온라인에서도 직접 만나서도 할 수 있기 때문에, 멤버를 모아서 직접 얼굴을 보면서 플레이하자는 계획을 짜고 있었다.

"오케이! 그래서 말이야. 멤버 말인데, 나랑 레나랑, 그리고 카오루랑 치리잖아? 그리고……."

"아, 또 있어?"

카렌이 이름을 말한 사람은 코어 그룹 멤버 네 명. 레나는 그 네 명이서만 놀 거라고 생각했는데, 아무래도 아닌 것 같다.

"응. 그리고…… 졸업한 선배 케이스케 군이랑 마코토 군, 그리고 요스케 군이랑 야마켄 씨."

"뭐야~ 멤버 진짜 좋은데? 어떻게 약속했어?"

"이 게임에 엄청 빠져 있다나 봐."

"헤에~."

카렌이 말한 네 명은 원래 같은 고등학교의 선배. 지금은 각자 대학생이나 사회인이 되어 있지만, 원래 고등학교에서도 눈에 띄는 존재였고 후배들이 동경하던 화려한 집단이었다. 원래 교우가 깊은 사이는 아니었지만, 그 이름을 듣기만 해도 흥미가 생길 정도의 사람들이었다.

그 네 명과 사적으로 놀 수 있다.

게다가, 자신이 좋아서 플레이하고 있는 게임으로.

레나는 사춘기 여자아이답게, 그 상황 때문에 가슴이 두근두근 뛰었다.

"알았어~. 그럼 그날은 비워둘게."

레나는 느릿한 어조로 말하고, 그날을 기다렸다.

그리고, 그 게임 모임 당일. 카렌의 방.

레나의 눈앞에 펼쳐진 것은, 상상했던 것과 다른 광경이었다.

남녀 여덟 명. 좁은 방. 처음에는 게임을 몇 번 플레이하기는 했지만, 그 뒤로는 거의 미팅 같은 분위기로 흘러갔고—— 제각기 어깨를 안고, 허리에 팔을 두르는 등, 분위기가 이끄는 대로, 처음 만난 사람들도 있다는 걸 믿을 수 없을 만큼 가까운 거리감이 생겨나고 있었다.

"레나, 이쪽으로 와."

"에~ 뭐야 요스케 군. 뭐 좋지만~."

당시의 레나에게 그것은 예상했던 범위를 아주 조금 넘어선 일이었지만—— 그러면서도 그녀는 어딘가, 그 상황을 기분 좋다고 느끼고 있었다.

물론 상식적으로 봤을 때 깨끗하다고 할 수는 없었고, 소중하게 여겨주고 있다고 생각할 수도 없다.

하지만 자신이 한발 먼저 『어른』이 된 것 같다는 기분이 들었고.

그런 우월감에 가까운 감정이 그녀의 마음을 풀어지게 했다.

그런데 그 며칠 뒤에, 문제가 발각됐다.

"레나 너 말이야. 카렌네 집에 놀러 갔었다며?"

"뭐? ……케이스케 군네 얘기?"

"맞아."

방과 후의 교실. 기분 나쁜 투로 말한 사람은, 톱 카스트 그룹의 쇼코였다.

"요스케 군도 있었지?"

"응, 있었지."

레나가 그렇게 말했더니 쇼코가 눈살을 찌푸렸다.

"저기 레나, 내가 요스케 군이랑 사귀었다는 거 알고 있지?"

"응. 알고 있지만…… 이미 헤어졌잖아?"

레나는 쇼코가 무슨 말을 하려는 건지 이해할 수가 없었다.

"그런 문제가 아니지 않아?"

"……무슨 문제인데?"

그렇게 물었더니, 쇼코는 짜증을 노골적으로 얼굴에 드러냈다.

"헤어지기는 했지만 아직 2주밖에 안 됐거든. 그런데 남의 전 남친을 건드리고 말이야, 남의 기분을 너무 모르는 것 같거든."

"……그런가?"

레나는 잘 모르겠다는 것처럼 말했다. 분명히 요스케는 쇼코의 예전 남자 친구였고, 실제로 레나도 요스케가 어깨를 안는 등의 스킨 십 등을 하면서 거리가 가까워졌었다.

하지만 거기에, 무슨 문제가 있다는 걸까.

그것은 레나의 진심이기도 했고, 어쩌면 자신은 그『어른』들의 장소에 있었으니까, 라는 여유에서 온 생각인지도 모른다.

오히려 그런 것 가지고 일일이 따져대는 쇼코가 유치하다는 생각까지 들었다.

"이미 헤어졌으면, 몇 주가 지났건, 상관없다고 보는데."

"그거, 진심으로 하는 소리야?"

"응."

"그래…… 이제 됐어."

질렸다는 것처럼 말하고, 쇼코는 몸을 빙글 돌렸다.

"무슨 애냐……."

레나가 쇼코한테 들으라는 것처럼 악의를 담아서 중얼거렸더니, 쇼코는 한눈에 봐도 알 수 있게 얼굴을 찌푸렸다.

그리고―― 다음 날부터 쇼코네의 분위기가 달라졌다.

"안녕."

"아……."

아침. 톱 카스트 그룹의 멤버에게 말을 걸었더니, 노골적으로 난처하다는 것처럼 입을 다물었다. 그때는 무슨 일이 일어났는지 알 수가 없었지만, 레나는 원래 자유로운 인간이었다. 리액션이 부족한 건 졸리거나 해서 그렇겠지, 라고 생각해서 딱히 캐묻지 않고, 다른 친구 쪽으로 갔다.

하지만 문제는, 그런 일이 계속 일어났다는 점이다.

톱 카스트 그룹의 누구에게 말을 걸어도, 곤란하다는 것처럼 눈을 돌렸다. 쇼코를 포함한 멤버 모두가 똑같은 반응을 보였을 때, 레나도 완전히 이해했다.

지금의 자신이, 지탄당하는 존재가 됐다는걸.

원래 마음이 잘 맞았던 동료는 아니다. 서로가 서로를 액세서리처럼 쓰는 것 같은 관계였던 그룹은, 아주 작은 균열 때문에도 간단히 부서질 수 있는 것이다.

하지만, 그래도 레나는 언젠가 쇼코가 했던 말.

마음이 맞는다. 꾸미지 않고 있을 수 있다.

그런 말에 기뻐하고, 거기가 자신이 있을 곳이라고 생각하기도 했었다.

"아~ 뭐야."

레나는 앞으로 자신이, 적어도 한동안은 이 반에서 고립될 거라는 걸 눈치채고는, 그게 너무 바보 같아서 웃어버렸다.

"……정말이지, 애들도 아니고."

강한 어조로 던진 레나의 혼잣말은, 그 누구의 귀에도 전해지지 않았다.

그 뒤로 레나는 학교에서 혼자 행동하게 됐다

원래 자아가 강하고 좋고 싫고가 확실한 타입이었던 레나는, 쇼코네 파벌과 헤어졌을 뿐인데 순식간에 학교 전체에서 있을 곳이 없어졌다.

계산 밖이었던 것은, 그때 같은 자리에 있었던 코어 그룹 사람들도 조금씩 자신을 피하게 됐다는 점이다. 원래 완전히 취미가 맞았던 것도 아니다. 비주얼계 밴드, 지하 아이돌, BJ, 그리고 온라인 게임. 다른 곳에서는 받아들이기 힘든 취미를 가진 사람들이 고독을 메우기 위해서 모였던 그룹은, 요란하기는 해도 입장이 강한 그룹은 아니다. 톱 카스트 멤버들한테 따돌림 당하는 존재를 받아들일 만큼의 여유는 없었다.

즉, 레나는 그 일 때문에──지금까지 있었던 마음 편한 공간 두 곳을, 동시에 잃고 말았다.

물론 쇼코도 졸업할 때까지 계속 그럴 생각은 없었을 것이다. 아마도, 자신의 약한 부분을 침식한 레나에 대한, 본보기 정도. 몇 주 정도 지나면 화해할 기회도 생겼을 것이다.

하지만, 고립되고 며칠이 지났을 무렵.

레나는 자꾸 학교를 빼먹게 됐고, 결국에는 완전히 안 나가게 돼버렸다.

고립 때문에 레나의 마음이 병든 것은 아니다. 하지만 학교라는 공간에서 소외당하는 일은, 처음에 그녀가 생각했던 것보다 몇 배나, 그녀의 마음을 불쾌하게 만들었다.

톱 카스트 그룹에 소속돼 있던 시절에는, 근처를 지나가기면 해도 아양을 떠는 것처럼 길을 비키던 같은 반 친구들.

레나 입장에서 보면 밋밋하고 예쁘지도 않은 그 여자애가, 가까이 가기만 해도 피하려는 것처럼 얼굴을 찌푸리게 됐다. 그것도 자신에게 들리도록, 노골적으로 말까지 하면서.

"으아, 왔다."

"뭐, 당연히 오는 거지."

레나는 거기에 지지 않고, 반드시 대답했다. 하지만 학교라는 공간의 분위기는 복수의 같은 편이 있지 않는 한, 뒤집는 건 불가능하고.

"오는 게 잘못 아냐?"

"그러게. 오지 말라고."

"이해해."

"……."

레나의 말은 그것이 아무리 옳더라도, 그 자리에서는 아무 말도 안 한 것과 마찬가지가 돼버렸다.

자신이 더 예쁜데, 몸매도 좋은데. 여자로서, 몇 걸음이나 앞서가고 있는데.

레나는 미간에 주름을 지어서 불쾌감을 표명했지만, 동료가 없었다. 어디에도 소속되지 않았다는 이유만으로, 이쪽 세계에서 가장 밑바닥까지 지위가 떨어지고 말았다.

그것은 틀림없이, 누가 봐도 비참하게 보였을 것이다.

그래서 레나는 스스로 자신이 비참하다고 생각하게 되기 전에, 그 장소에서 사라지는 쪽을 선택했다.

학교를 그만두면 거기에 카스트는 없다. 같은 반 애들이

나 코어 그룹 사람들과 만날 이유도 없고, 숫자의 폭력 때문에 잘못된 말이 어거지로 통하는 일도 없어졌다.

그리고 그 대신── 레나는 그때 같은 장소에 있던 남자들과 자주 만나게 됐다.

"레나, 나 왔어."

"응. 그럼, 갈까."

케이스케, 마코토, 요스케, 야마켄.

야마는 그중에 복수와 친밀한 관계를 가졌고, 거기에는 쇼코의 예전 남자 친구였던 요스케도 포함돼 있었다.

그리고 결국에는 그들 중에서 리더 같은 위치인, 케이스케와 사귀게 됐다.

"그런데 레나, 너 학교 그만뒀다면서?"

"응~? 그만뒀지?"

"흐응. ……뭐, 너라면 어떻게든 되겠지. 야하니까."

"아하하."

레나는 웃었고, 케이스케의 팔에 매달렸다.

"……응. 나도 그렇게 생각해."

그때 레나가 느꼈던 것은 죄악감은 아니었고, 게다가 비참한 기분은 더더욱 아니고.

──말로 표현할 수 없는 우월감이었다.

학교에서는 있을 곳이 없어졌다. 하지만, 이거라면 누구에게도 지지 않을 것 같다.

왜냐하면 나는 잘생긴 대학생 남자들이 이렇게 원하는 존재니까.

이렇게 강한 있을 곳을, 여러 개나 가지고 있으니까.

고등학교 때부터 인기가 좋았던 선배. 후배들이 동경하는 남자들.

그것은 집단의 한심한 분위기에 좌우되는 옳음 따위보다, 겉으로만 그럴듯하면서도 실속이라고는 하나도 없는 여자의 우정 따위보다, 몇 배나 가치가 있는 것처럼 여겨졌다.

학교에서는── 여자들 세상에서는 있을 곳을 빼앗겼다. 분위기와 말을 사용한 교류에서는, 집단에게 유린당했다. 그것은 비참했지만, 이성으로는 어떻게 할 도리가 없었다.

하지만, 본능은 거짓말을 하지 않는다.

그녀가 구사하는 『여자』 앞에서 남자는 솔직해질 수밖에 없었다.

그래서 레나가 믿는 것은 말이 아니라, 감정.

이성이 아니라, 본능뿐이었다.

──레나는 턱을 괸 채로, 창밖에 있는 더러워진 눈을 바라봤다.

짓밟힌 눈은 까맣게 더러워졌고, 하지만 그 부분을 조금만 치우면 다시 하얀 눈이 나타난다. 아마도 이 눈과 닮은 거짓말쟁이들은, 처음 접하는 남자한테는 하얀 표정을 보여주고 있다.

레나는 주방 카운터 앞에 서서 오프 모임 장소를 둘러봤다. 여기에 더러워지지 않은 사람이 몇 명이나 있을까. 그렇다면 최소한 자신만은 처음부터, 까만 눈이고 싶다.

쓸데없는 기억. 술이 깨면서 떠오르는 쇼코의 얄미운 얼굴을 웃어넘기려는 것처럼, 레나는 그 기억을 머릿속에서 몰아냈다. 그 뒤로 그녀들이 어떻게 됐는지는 모른다. 하지만 보나 마나 한심한 인간답게, 한심한 만 스무 살을 보내고 있겠지. 생각하면서, 레나는 자기 잔을 카운터 위에 내려놓고 냉장고 문을 열었다.

얼음만 남은 자신의 잔에 캄파리 리큐르와 자몽 주스를 따르고는, 검은색에서 보라색으로 변하는 그러데이션이 반짝이는 손톱 끝으로, 술 위에 떠 있는 얼음을 빙글빙글, 딸랑딸랑 소리를 냈다. 빨간색과 노란색의 예쁜 액체가 하나로 섞였고, 레나는 그 모습을 기분 좋게 바라봤다.

비일상의 색채. 이성이 조금씩, 시각에서 본능으로 녹아드는 것이 느껴진다.

한 모금 머금어보고 맛에 만족한 뒤에, 레나는 칵테일이 묻은 손톱을 혀로 살짝 핥았다.

그때.

"나도 한 잔 줘."

갑자기 오른쪽에서 들려온 남자 목소리에, 레나는 미소를 지으면서 천천히 고개를 돌렸다.

거기 있던 사람은 참가자 중 한 사람인 지미. 나이는 20

대 후반. 요즘 스타일의 염색한 머리카락을 잘 세팅했고, 조금씩 움직일 때마다 희미한 바닐라 향이 감돌았다.

"아, 지미 씨."

응석 부리는 것 같은 목소리를 내고, 레나는 주방 카운터에 사람 하나가 들어올 공간을 만들었다. 그것은 거의 버릇 같은 것이기도 했지만, 그 이상으로 레나가 지미를 받아들였다는 뜻이기도 했다.

아무래도 지미는 YouTube에서 활동하는 인기 게임 방송 크리에이터. 아마도 이 오프 모임에서 가장 유명한 사람이다. 레나는 그런 사람이 자신에게 말을 걸어줬다는 사실에, 마음속에서 조용히 웃었다.

"그거 뭐야? 뭔가 여자애들이 좋아할 것 같은 거네."

차분한 톤으로 말하는 지미. 레나는 그 목소리가 영상에서 많이 들은 것과 똑같다는 것을 새삼 실감하면서, 일부러 빈틈이 보이는 표정을 지어 보였다.

"이건 말이죠오. 캄파리 자몽."

"흐응."

"좀 마셔볼래요?"

레나는 익숙한 것처럼 편한 말투를 섞으면서, 자신이 입을 댔던 잔을 지미에게 내밀었다. 지미는 레나의 적극적인 자세에 웃어 보이면서, 그 잔을 받았다.

"응. 그럼 좀 마셔볼까."

"예에. 드세요~."

그리고 지미도 익숙한 동작으로 레나의 잔을 받아들더니 꿀꺽, 하고 한 모금 마셨다. 레나는 그 모습을 만족스레 지켜봤다.

"맛있어?"

레나가 아양 떠는 것 같은 목소리로 말했더니, 지미의 눈에 호기심 같은 기색이 깃드는 것이 보였다. 레나는 어떻게 해야 남자가 자신에게 관심을 갖게 되는지, 체감을 통해서 이해하고 있다.

지미는 태연한 척하면서 잔을 들어 올렸고 딸랑, 하는 소리를 울렸다.

"음~ 도수가 낮은데."

"우와~ 완전히 술꾼이네~."

마음속으로 한 걸음 더 파고드는 것처럼 말하면서, 레나는 그 마음속 깊은 곳을 향해 속삭이는 것처럼, 지미의 등을 건드렸다. 지미는 여유 있는 미소를 지으면서, 자신 있는 얼굴로 한 모금, 두 모금 칵테일을 마셨다. 정신을 차려 보니 잔에 있던 술을 반도 넘게 마셔버렸다.

"응. 맛있다. 주스 같아."

"저기~ 그거 내 거거든?"

"아, 그랬지."

지미가 이렇게 적극적인 자세를 보이는 건, 내 얼굴이 예뻐서, 몸도 건드리고 싶어서, 좋은 냄새가 나서, 그리고 **할 수 있을 것** 같아서. 그것은 레나의 내면을 들여다본 사람의 태도가 아니었지만, 거짓말을 하는 것보다는 훨씬 나았다.

본능에 솔직하고, 자신의 몸을 향해서 곧장 다가오는 남자. 그것도, 이 안에서 제일 유명한 사람.

레나는 장난스레 웃는 지미의 옆얼굴을 보면서, 오늘은 이 사람을 손에 넣고 싶다고, 그렇게 생각했다.

"뭐야~."

그렇게 말하면서, 레나는 지미의 어깨를 쓰다듬는 것처럼 건드렸다. 그것은 때린다기보다는 간질이는 것에 가깝고, 전기가 온 것처럼 딱 한 번 움찔하고, 지미의 몸이 움직였다. 그 모습을 본 레나의 마음에도, 관능이 깃들었다.

그리고 거기에 호응하는 것처럼 지미도 "미안하다니까" 라고 달래면서, 니트 밖으로 노출된 레나의 어깨를 끌어안는 것처럼 톡, 하고 두드렸다.

살갗과 살갗이 닿으면서, 체온이 전해졌다.

"으아, 레나 몸 뜨겁다."

"뭐어~? 그야~ 취했으니까~. 후후."

레나는 장난스레 웃고, 요염한 한숨을 흘렸다. 촉촉한 눈동자는 지미를 똑바로 쳐다봤고, 그 시선은 흐물흐물 녹아 있다.

그런데, 그때.

"지미 씨~?"

바로 옆에서, 다른 여자 목소리가 들려왔다. 레나가 그쪽을 봤더니 거기에는 여성 참가자 중에 한 사람, 바닐라가 빈 잔을 들고 서 있었다. 레나와 지미는 서로 손을 놓고, 바닐라 쪽을 봤다.

검은색 머리카락을 층을 준 보브 컷으로 세팅하고, 하늘하늘한 여자다운 옷을 입은 여자. 바닐라는 인터넷 영상에서 악기 연주를 연주하는 사람으로서 이 오프 모임에 참가했지만, 레나는 알고 있다.

아까 그와 레나가 이야기하는 모습을, 안쪽 테이블에서 불만스러운 표정으로 지켜보고 있었다는 것을.

그 옆에는 또 한 사람의 여성 참가자 이누마루가 있었는데, 그 여자도 불만스러운 얼굴로 지미를 보고 있었다. 나이는 20대 중반 정도. 원색 계열 옷에 금발이라는 약간 요란한 외모다.

"뭐야, 두 사람."

지미가 약간 불쾌하다는 것처럼 말했더니 이누마루가 그에게 귀엣말하는 것처럼, 이렇게 말했다.

"지미 씨, 그런 짓 해도 되겠어요? 여자친구분이 화낼 텐데요?"

그 말을 들은 지미는 눈살을 찌푸렸고, 레나를 슬쩍 봤다. 그 목소리가 들리기는 했지만, 레나는 표정 하나 바꾸지 않고 이누마루를 빤히 쳐다봤다.

"뭐야, 굳이 그 얘기 하러 온 거야?"

"왜냐하면 나도 여자친구분이랑 친구니까⋯⋯."

지미와 이누마루는, 작은 소리로 뭔가 말다툼을 시작했다.

"아니, 아직 아무것도 안 했잖아?"

"지금 아직, 이라고 했다는 말은……."

완전히 찬물을 뒤집어쓴 레나는 한숨을 쉬었고, 카운터 위에 올려놨던 잔을 집어 들고는 플로어 쪽으로 걸어갔다. 아무래도 귀찮아질 것 같으니까, 말려드는 건 딱 질색이다.

"잠깐만요. 레나 씨."

"응? ……왜요오, 바닐라 씨."

노골적으로 적개심을 드러내는 바닐라의 말에, 약간 귀찮다는 톤을 숨기지도 않고 대답했다. 바닐라는 레나 쪽으로 걸어오더니, 지미와 이누마루한테는 들리지 않을 정도의 목소리로, 이런 소리를 했다.

"지미 씨, 노리는 거야?"

"……뭐요?"

"친해지고 싶어 하는 팬들도 많이 있는데, 그렇게 몸으로 유혹하다니, 기분 나쁘거든."

그런 바닐라의 얼굴을 보고, 레나는 질렸다는 것처럼 눈살을 찌푸렸다. 너무나 유치한 시비는, 마치 그날의 다툼이 재현된 것 같았고. 질투하는 여자라는 생물은, 왜 이렇게 하나같이 똑같은 걸까.

"뭐야 그게. 바닐라 씨도 팬인가요?"

"아니……."

"여기는 일단 교류 모임이라서, 팬이라는 이유로 참가하는 건 안 될 텐데요?"

자신이 원하는 것을 누군가에게 빼앗길 것 같다는 이유로, 자신을 원해주지 않는다는 이유로, 자신의 책임은 생각도 하지 않고 상대를 나무란다.

그것은 인간으로서, 또는 『여자』로서── 너무나 비참한 짓처럼 여겨졌다.

"……에휴."

"뭐야 그 태도는. 그나저나 레나 씨, 몇 살이야?"

"스무 살인데요."

"난 스물다섯. 주의를 무시하고, 나이 많은 사람 앞에서 한숨까지 쉬는 건 좀 이상하지 않아?"

서서히 뜨거워지는 바닐라의 말에, 레나는 진심으로 짜증이 났다.

"그러니까, 팬이잖아요? 괜찮아요, 숨길 필요 없으니까. 그런 사람 여기 많아요."

"……딱히 그런 건…….."

레나는 지미가 자신에게 말을 건 시점에서 생겨버렸을 그녀의 상처에.

진심으로 싫어하는 질투하는 거짓말쟁이한테, 독을 바르는 것 같은 기분으로.

"손에 넣고 싶으면, 똑같이 하면 되잖아요."

"그러니까 그게 기분 나쁘다고…… 게다가 여자친구도 있다고 하던데."

레나는 바닐라의 마음을 후벼 파려는 것처럼, 악의를 담아서 말했다.

"못 하는 거죠?"

그리고 그대로 바닐라에게 다가가서는, 하늘하늘한 원피스의 배 쪽으로 손을 뻗어서, 천과 그 몸을 같이 움켜쥐었다.

"무슨⋯⋯."

"이렇게 방심하고, 펑퍼짐한 옷으로 속이려고 하는 걸 보면, 당연히 무리겠죠?"

"⋯⋯! 당신 말이야!"

바닐라가 큰 소리를 냈지만, 레나는 상대하지도 않았다. 마침내 험악한 분위기를 눈치챈 다른 사람들이 다가와서 말렸다.

"뭐 하는 거야⋯⋯."

"자, 일단 건배하고 화해하자고!"

당황한 것처럼 모여든 남자들의 말에 레나는,

"예~."

노골적으로, 교과서 읽는 것처럼 딱딱한 말투로 대답하고는 바로 그 자리를 떠났다.

* * *

그리고 십여 분 뒤.

이누마루와의 말다툼이 끝났는지, 지미는 플로어의 테이

거짓말과 아침 햇살 173

블에서 다른 참가자들과 담소를 나누고 있었다.

레나도 그걸 알고 있었지만, 먼저 말을 걸지는 않았다. 그것은 아까 바닐라와 있었던 말다툼이 귀찮았기 때문——이기도 했지만, 그 이상으로 한 가지를, 확신했기 때문이다.

"레나 씨, 옆에 가도 될까요?"

"그러세요~."

그래서 레나는, 가만히 있어도 말을 걸어오는 시시한 남자들과 적당히 이야기하며 시간을 보내면서도, 조금씩, 술을 몸 안에 흘려 넣었다.

그것은 심심풀이라기보다는 퍼포먼스에 가까웠다.

당신이 가져가지 않겠다면, 다른 사람한테 빼앗길 거예요.

당신이 눈을 돌린 사이에, 어딘가로 사라질 거예요, 라는.

그리고 또 십여 분이 지나서.

답답해진 건지, 아니면 조급해진 건지. 지미가 한 손에 잔을 들고서 레나 쪽으로 다가왔다.

"아까는 미안했어~."

"응~? 괜찮거든요~?"

지미는 레나 옆에 앉았고, 잔을 살짝 부딪쳤다. 땡, 하는 작은 소리를 두 사람이 공유했다.

"뭐랄까, 이상한 소리 듣게 했잖아."

"응."

그리고 레나는, 살짝 지미 쪽으로 얼굴을 들이밀고,

"여자친구, 있구나?"

왠지 아까보다 차가운 목소리로 그렇게 말했다.

"아…… 뭐. 다른 사람들한텐 비밀이야."

"흐응…….".

레나는 의자 위에 놓여 있던 지미의 손에 살며시, 자기 손을 얹었다.

또다시 두 사람의 체온이 조금씩, 섞인다.

"…….".

그리고 레나는 고혹적으로 웃고는, 지미의 귓가에 숨결을 불어 넣으면서,

"──그런데도, 또 내 옆으로 왔네?"

그 말 만큼이나 관능적으로, 레나는 자기 손가락이 촉수라도 되는 것처럼, 지미의 손에 휘감기게 했다. 악수보다 애무에 가까운 그 행동이, 지미의 본능에 점점 불을 붙였다.

뒤엉킨 손가락과 손가락은 그 무엇보다 솔직했고, 양쪽 모두 똑같이 뜨겁다.

"레나도 오길 바란 거 아니었어?"

지미는 흥분을 억누르려는 것처럼 말하면서도, 레나의 손가락을 휘감고 있는 손가락은, 관능을 탐닉하기 위해서 계속 움직였다. 틀림없이 지미의 머릿속은, 그다음에 일어날 일 생각으로 가득 차 있겠지.

그리고 그건, 레나도 마찬가지였다.

"그럴지도?"

"역시나."

말하면서, 지미는 손을 놓았고, 그 손을 이번에는 레나의 허리에 감았다. 남자다운 투박한 손의 감각이, 니트 너머로 레나에게 전해졌다.

그것은 말로 표현할 수 없는 쾌감. 마치, 순백색으로 위장하고 있는 거짓말쟁이는 절대로 도달할 수 없을 만큼 가치가 있는 곳에, 자신이 있을 곳이 생겨난 것 같은.

그래서 레나는, 자신이 하고 싶은 대로 지미와의 놀이를 즐겼다.

"응. 이러고 싶었어."

레나는 그렇게 말한 것과 동시에 테이블 밑에서 톡, 하고 지미의 허벅지를 만졌다. 양쪽 다리가 만나는 부분과 가까운, 아슬아슬한 위치. 얼굴에는 드러내지 않았지만, 지미의 몸에 움찔, 하고 힘이 들어간 게 느껴졌다.

"응~? 왜 그래?"

"……아니."

지미는 아무렇지도 않은 척했지만, 그 몸이 흥분하기 시작했다는 건 레나도 알 수 있었다. 허리에 두르고 있는 손에도 힘이 들어갔고, 지미도 자신도, 서서히 몸에서 땀이 나지 시작했다.

"그래? 뭔가 움찔했는데?"

그렇게 말하면서 허벅지에 얹어놓은 손을, 조금씩 안쪽으로 집어넣었다. 그의 팔에도 알기 쉽게 힘이 들어갔고, 이번에는 허리를 쭉 잡아당겼다.

"음……."

레나는 알기 쉽게 조금 전까지와 전혀 다른, 달콤한 교성을 흘리고는, 몸을 맡긴다는 것처럼 상반신 체중을 아주 조금, 지미에게 기댔다.

"지미 씨, 몸이 뜨겁네요."

지미는 대답하는 대신 허리에 얹은 손을 위아래로 움직여서 레나의 옆구리를 더듬었다. 허리의 잘록한 라인과 그 부드러운 감촉을 맛보려는 것처럼, 그의 손이 징그럽게 움직였다.

"레나도 그래."

"왜, 저는…… 취했으니까."

"그럼 나도 그것 때문에."

이렇게 조금 거리를 좁혔을 뿐인데도 아주 간단하게 여유를 무너트리고, 남자의 본능을 건드릴 수 있다. 여자로서의 무기를 사용해서 저항할 수 없는 부분을 움켜쥐고, 자신에게 묶어둘 수 있다.

그것도 상대는, 이곳에서 제일 유명한 사람.

비참한 기분과는 거리가 먼, 강한 기댈 곳이다.

"……그렇구나."

레나는 풀어진 눈으로 지미를 바라봤다. 그 눈동자는 쳐다보기만 해도 녹아서 하나가 돼버릴 것 같은 기분이 들 정도로, 야하게 촉촉했고.

"그럼 우리…… 둘 다 취했네?"

잔에 손을 들고 칵테일을 몸 안에 부었더니 기분 좋은 달콤한 맛이 뇌를 흔들어댔고, 사고 속으로 퍼져나가는 알코올이 이성을 녹여버렸다.

"그러게. 똑같아."

시끌시끌 들려오는 즐거운 목소리. 허리가 저릴 것 같은 감각과 술기운, 그리고 귓가에서 들려오는 차분한 목소리에 몸을 맡겼더니, 본능이 더 이상 멈출 수 없게 돼버리는 것이 느껴졌다.

마침내 레나는 둘이서 떨어져버리는 것 같은 감각으로, 그 말을 했다.

"저기. 나, 지미 씨 집에 가고 싶은데."

＊ ＊ ＊ ＊

"그럼 안녕."

젖은 머리카락을 말리고, 레나는 남자 집에서 밖으로 나왔다. 바깥은 이미 해가 떴고, 이러다가는 출근 시간대에 말려들지도 모른다는 생각에, 아주 조금 우울한 기분이 들었다.

역으로 가는 길가에는 잔뜩 짓밟힌 눈이 남아 있다. 레나는 그것을 슬쩍 보고, 한번 꽉 밟아본 뒤에, 관심 없다는 듯이 시선을 홱 돌렸다.

역에 도착해서 승강장 의자에 앉아, 그녀는 먼저 트위터를 체크했다. 상호 연락용 비공개 계정의 알림을 열었더니, 어제 오프 모임에서 만났던 십여 명의 남자한테서 팔로우 요청이 들어와 있었다.

"하하하. 잔뜩 왔네."

레나는 기분 좋게 혼잣말을 하면서, 그 요청들을 하나하나 승인했다. 솔직히 누가 누군지도 모른다. 그저, 이렇게 많은 남자가, 굳이 요청하면서까지 자신을 신경 써주고 있다는 사실 자체가, 그녀를 유쾌하게 만들었다.

그리고, 무엇보다.

레나는 자신의 팔로워 목록에 있는, 지미의 계정을 봤다. 지미의 계정은 팔로우가 200이 조금 넘고, 팔로워는 몇만. 팔로우하는 사람 중에 1퍼센트도 안 되는 200명 중에 선택됐다고 생각하니까, 온몸이 오싹오싹 떨려오는 기분이 들었다. 이 중에, 그와 관계를 가진 여자는 얼마나 될까. 마치 자신의 존재가, 여자로서의 자신을, 숫자로 긍정 받은 것 같은.

레나는 니트 원피스 아래로 뻗어 있는 다리를, 천천히 바꿔 꼬았다. 이런 동작만으로도 남자는 자신을 여자로 의식해버린다.

그때 갑자기. 트위터 알람 소리가 울렸다.

"어."

그리고, 레나는 깜짝 놀랐고. 왜냐하면 그 알람 내용이 팔로우 요청이었고── 요청한 사람이, 어제 오프 모임에서 싸웠던, 바닐라였기 때문에.

레나는 잠시 생각했고, 마침내 납득했다.

"아…… 신경이 쓰일 만도 하지."

그 뒤에 둘이서 사라진 자신과 지미를, 그냥 가만히 무시할 리가 없다. 아무래도 바닐라는 그만큼 지미한테 집착하고 있었으니까.

바닐라의 계정에 들어가 보니 게임 실황 크리에이터로서의 지미를 응원하는 트윗을 잔뜩 볼 수 있었다.

"거봐…… 역시 팬이잖아. ──거짓말쟁이."

피식피식 웃으면서, 레나는 한 가지 생각을 떠올렸다.

상대가 거짓말을 했다고 해도. 자신은 사실만을 말하면 된다.

그래서 그녀는 장난치는 것처럼, 또는 도발하는 것처럼.

아침 여덟 시에, 이런 트윗을 올렸다.

『이제 집에 가~.』

그리고, 그 뒤로 십여 분 뒤에.

지미가『좋아요』를 누른 걸 확인하고, 레나는 바닐라의 팔로우 요청을 승인했다.

5

모두의 노래

연말. 크리스마스에 내린 눈도 녹기 시작한 어느 날.

나는 아르바이트하는 노래방 세븐스에 와 있었다.

하지만, 오늘 여기에 온 이유는 일하기 위해서가 아니다.

"좋았어━━━━!! 노래 부를 거지?! 신나게 놀 거지?!"

방 하나에서, 타케이가 사람들 앞에 당당히 서서는, 마이크에 대고 소리를 지르고 있다.

그렇다. 오늘은 나카무라 그룹, 히나미, 미미미, 이즈미 플러스 나까지 일곱 명의, 연말 노래방 송년회 날이다. 크리스마스 모임 때 못 갔던 2차 노래방을, 다시 날을 잡아서 송년회라는 형태로 부활시킨 것이다.

"타케이 닥쳐~."

"시끄러~."

나카무라와 미즈사와가 옆에서 딴죽을 걸었지만, 타케이는 그 소리를 들으면서 기뻐하고 있다. 타케이는 내용이 뭐가 됐던 자기한테 말을 걸어주는 게 기쁜 것 같다.

"당연하지!! 나도 신나게 놀 거야!"

그리고 타케이의 하이 텐션에 아무렇지도 않게 맞춰준 사람은 미미미였고, 이쪽도 마이크를 쥔 채로 완전히 신이 나 있다. 아직 노래를 한 곡도 안 불렀는데 이렇게 신이 났다니, 아무래도 난 도저히 못 따라갈 것 같다는 기분이 든다.

하지만, 이번에는 뒤처질 수 없다. 왜냐하면━━.

히나미가 준 과제가 있기 때문에.

"둘 다 여전히 시끄럽네~."

내 옆자리인 미즈사와 옆에 있는 히나미가 날 보면서 미소를 지었다. 참고로 반대쪽 옆에는 이즈미가 앉아 있고, 그 옆자리는 나카무라가 사수하고 있다.

"그러게~. 그나저나 후미야랑 일 말고 다른 이유로 노래방에 온 건 처음이네."

"으, 응. 그러게."

사실 난 친구랑 노래방에 와본 것 자체가 처음이지만, 그건 굳이 말하지 말자. 히나미는 확실하게 못을 박으려는 것처럼 날 쳐다보고는 고개를 숙였고, 노래방 기계 리모컨을 조작하기 시작했다. 노래방에서 놀아본 적은 거의 없지만 일단은 노래방에서 일하고 있는 몸이다 보니, 그게 노래 목록 기능도 있는 리모컨이라는 정도는 알고 있다.

오늘 나한테 주어진 과제는── 모든 멤버와 한 번씩, 같이 노래를 부르는 것이다.

이 멤버들하고는 이미 어느 정도 친해졌으니까, 이런 뒤풀이 자리에서는 내 마음대로 하게 놔둘 것 같은 생각도 들기는 하지만, 그렇게 현재 상황에 머물러버리는 것이 높은 경지를 목표로 삼는 게이머로서 가장 두려워해야 할 일이라는 것을 알고 있기에, 전체적으로 봤을 때는 고마운 일이라고 할 수 있겠지.

"모모클로 노래 간다─────!!"*

그렇게 외치고 제일 먼저 곡을 입력한 사람은 미미미였

* 일본의 아이돌 그룹 모모이로 클로버Z

고, 화면에는『모모이로 클로버Z/ 가자! 괴도 소녀』의 영상이 나오기 시작했다.

미미미는 자리에서 일어나 앞으로 나가서 아이돌 흉내를 내기 시작했고, 앉아 있는 사람들을 향해서 큰 동작으로 손키스까지 날렸다. 즐거워 보여서 참 다행입니다. 타케이네도 완전히 신이 난 걸 보면, 이런 자리에 미미미가 있으면 재미있고 좋은 것 같다.

그리고 음악이 나오자, 신나게 몸을 좌우로 흔들면서 노래를 부르기 시작했고,

"레니, 카나코, 미미미, 시오리, 아야카, 미나미♪"

"야, 뭔가 이상한 게 섞여 있는데."

"미미미가 둘이나 있잖아~."

그 엉터리로 개사한 가사와 나카무라, 미즈사와의 딴죽에 분위기가 끓어올랐다. 미미미도 중간중간 들어가는 대사나 코미컬한 안무 같은 것들을 처리하면서, 그 노래를 열심히 불렀다. 원래 성량이 좋기도 해서, 미미미의 노래는 아주 심플하게 잘 부르는 것처럼 들린다. 장난치지 않고 발라드라도 부르면 감동해버릴 것 같다.

참고로 뭔가 중간에 "번호!"라는 가사가 나오고, 미미미가 끝에서부터 손가락으로 가리키는 순서대로 "1!" "2!" "3!" "뭐?" "5!" "우~ 예이!"하고 구령을 외쳤는데, 다들 어떻게 하면 그렇게 바로 대응할 수 있는 거지. 의무교육에서는 안 가르쳐 줬었는데, 그런 건 대체 어디서 배우는

거냐고.

"그럼 마지막으로 한 번 더 간다~!"

그리고 다시 마지막에 찾아온 파트에서는 "유즈, 아오이, 미미미, 히로, 슈지, 후미야♪"라는 가사로 서비스를 잔뜩 담아서 불렀고, 타케이가 "난 없었는데?!"라면서 슬퍼하는 등의 해프닝이 있었다. 난 다른 사람들한테 맞췄다는 걸 알면서도 후미야라고 부른 것 때문에 엄청나게 깜짝 놀랐다. 후미야라고 부르는 사람은 부모님이랑 미즈사와밖에 없으니까, 그런 기습공격은 자제해줬으면 싶다.

"예이~ 수고했어~!"

노래가 끝나자 이즈미가 탬버린을 흔들면서 신나게 분위기를 띄웠다.

바로 엄청난 파도에 휘말리기는 했지만, 내가 해야 할 일은 과제. 이렇게 다 같이 노래방에 오는 일 자체가 처음이기 때문에, 애당초 이런 자리에서는 그냥 신나게 놀기만 하면 되는 건지 이야기라도 해야 하는 건지도 거의 모르고, 그리고 거기다가 해야 할 일까지 추가됐기 때문에, 친한 멤버들과 같이 왔는데도 난이도가 꽤 높다는 생각이 들었다. 이건 커뮤니케이션 능력 레벨에서 싸우는 게 아니라, 굳이 따지자면 수수께끼 풀기에 가깝다.

"좋았어~! 내 차례야!"

타케이가 그렇게 말하면서 마이크를 잡았고, 반주가 나오기 시작한 아라시의 『Love so sweet』을 부르기 시작했다.

엄청나게 투박하게 생겨서 자니즈 계 아이돌이랑은 엄청나게 거리가 먼 타케이지만, 타케이가 아라시를 좋아하는 자체는 납득할 수 있었다. 타케이는 햄버그랑 신칸센이랑 아라시를 좋아할 것 같다.

신이 나서 노래하는 타케이의 얼굴을 보면서, 생각이 났다.

아마도 여기서 다른 애들과 듀엣을 하려면, 일단『두 사람씩 노래를 부르는』그런 분위기를 만드는 게 필수겠지. 그렇게 됐을 때, 처음에 그 분위기를 만들기 위한 공략 난이도가 가장 낮은 사람은 아마도, 타케이다.

리모컨을 보면서, 열심히 생각했다. 내가 알고 있는 곡이고…… 타케이도 좋아할 것 같은 노래. 지금 나한테 주어진 정보는 타케이가 돈카츠 카레와 스페이스 셔틀과 반기라스를 좋아한다는 것.

──그렇다면, 그건가.

나는 테이블 위에 있던 리모컨을 집어 들었고, 내가 원하는 노래를 검색하고, 예약 화면을 표시했다.

그리고 타케이의 노래가 간주에 들어갔을 때 그 노래를 예약했고, 사냥감이 그물에 걸리기를 기다렸다.

"오오오~! 진짜 좋다~!"

화면 오른쪽 위에 작게 표시된 노래 제목을 보고, 타케이가 환호성을 질렀다. 좋았어, 아주 쉽게 걸렸다. 감동할 필요도 없을 만큼 간단하게, 사냥감이 함정에 걸렸다.

"오, 타케이 너 이거 좋아해?"

"진짜 좋아하지! 이거 뺏겼다……."

타케이가 풀이 죽어서 말했다.

그렇다. 내가 예약한 곡은 애니메이션 ONE PIECE 대표적인 주제가 『We are!』였다.

"그럼…… 같이 부를래?"

"뭐?! 그래도 돼?!"

"당연히 되지."

그런 식으로 간단히 약속을 잡고, 나는 과제 중에 첫 번째 사람을 무사히 처리했다. 뭐 이건 튜토리얼 같은 거니까, 다른 사람들은 좀 더 궁리를 해야 하겠지. 아무래도, 난 아는 노래 자체가 거의 없으니까.

그리고 타케이의 노래가 끝나고, 다음으로 AAA라는 가수의 『사랑소리와 비 오는 하늘』의 반주가 나오기 시작했다. 하나도 모르는 사람과 노래다. 거기서 마이크를 쥔 사람은 이즈미였는데, 역시 나랑은 듣는 음악 문화 자체가 다르다는 걸 실감했다. 참고로 노래도 엄청 잘하고, 목소리도 역시 리얼충이라는 느낌에 파워까지 있었다. 후렴구는 어디선가 들어본 것 같은, 그 정도 노래였지만, 이즈미의 가창력 덕분인지 그냥 평범하게 음악을 듣고 있다는, 그런 기분으로 들을 수 있었다.

그리고 다음으로 나온 노래가 내가 예약한 「We are!」가. 아, 그런데 어쩌지. 타케이랑 같이 부르기로 하기는 했지만, 사람들 앞에서 노래 부르는 건 처음인데. 왠지 좀 긴장

되네.

내가 마이크를 잡고서 안절부절 못하고 있었더니, 하나도 긴장하지 않은 타케이가 신이 나서 나한테 말했다.

"드디어 왔다! 뚝돌아, 나 그거 해도 돼?!"

"그거라니?"

"처음에! 아 뭐야, 벌써 시작했으니까 그냥 한다!"

"뭐?"

그리고 내가 무슨 소리인지 이해하지 못한 채로 타케이를 보고 있었더니, 타케이는 평소보다 목소리 톤을 낮추고, 이런 소리를 했다.

"————그러니까, 세상의 전부? 를 손에 넣은 남자! 어…… 로저가 마지막으로 남긴 말이, 수많은 해적이 등장하게 했다! 보물? 찾아봐라! 기꺼이 주겠다! 세상 모든 것을 거기에 두고 왔으니까! 세상은 그야말로…… 대항해시대다!!"

잘 모르는 내가 들어도 알 수 있을 만큼 여기저기가 틀린 내레이션씩이나 했지만, 그래도 전주 시간이 많이 남았다. 나는 어떻게 해야 좋을지를 몰라서 마이크를 잡은 채로 대기했고, 타케이는 할 말이 없어지니까 입을 다물어 버려서, 뭔가 이상한 분위기가 감돌았다.

"모르면 하질 말라고!"

미즈사와가 신이 나서 날린 야유 덕분에 간신히 살았다. 하지만 타케이가 이렇게까지 실패했으니까, 나도 부담이 많이 줄어들었다.

그렇게 해서 긴장이 조금 풀린 나는, 무사히 타케이와 듀엣으로 노래를 부르는 데 성공했다. 그나저나 이거 그거네. 내 인생의 기념비적인 첫 듀엣을 타케이한테 빼앗긴 꼴이 된 거잖아. 나, 잘한 짓일까.

"~~ ♪"

그나저나 말이야, 타케이가 바보같이 큰 소리로 노래를 부른 덕분에 내 목소리는 완전히 묻혀버렸지만, 그래도 왠지 엄청나게 조마조마하네.

그리고 노래는 마지막 후렴구.

다들 알고 있는 곡이기도 하고, 거기다가 타케이가 있는 힘껏 노래를 불러 제낀 것도 있어서, 방 안은 완전히 뜨겁게 달아올랐다.

마침내 노래가 끝났고, 나는 마이크를 내려놓고서 후우, 하고 한숨을 쉬었다.

노래가 끝나고 잠깐 예약 목록이 표시된 뒤에 무음. 왠지 이 노래 하나가 끝나고 다음 곡으로 넘어가는 시간이 어색하다니까. 이즈미가 노래 부른 다음에는 하나도 신경이 안 쓰였는데, 내 노래가 끝나고 나니까 엄청나게 "죄, 죄송합니다, 이런 노래를 들려드려서……" 같은 기분이 든다.

그런 내 심정을 알아차렸는지, 옆자리 미즈사와가 씩 웃으면서 내 어깨를 툭툭 두드렸다.

"의외로 나쁘지 않았다."

"으, 응. 고마워."

"뭐, 타케이 목소리 때문에 거의 들리지도 않았지만."

"야."

그런 소리를 하는 소리에 다음 노래가 나오기 시작했다. 노래방은 한마디로 그거네. 얘기할 시간이 몇 분마다 몇 초밖에 없다.

화면에 표시된 제목은 ONE OF ROCK의 『완전감각 Dreamer』고, 마이크를 잡은 사람은 나카무라다. 아, 이 노래는 나도 안다.

"오! 좋은데!"

이즈미가 좋아하면서 그렇게 말했고, 나카무라도 싫지는 않다는 것처럼 "그래"라고 대답했다. 이 커플, 참 좋네.

그리고 시작된 나카무라의 노래는 그냥 생긴 그대로 엄청나게 파워가 있었고, 듣기만 해도 높고 어려워 보이는 곳인데, 그걸 성량으로 밀어 붙이면서 멋지게 부르고 있다. 이게 포텐셜형 리얼충의 힘인가.

중간에 일어나서 신나게 부르는 짓까지 했다. 나카무라는 이럴 때면 은근히 애들 같은 모습도 보여준다니까.

그나저나 선곡에서 성격이 드러난다고 할까, 이 파워가 넘치는 느낌이 엄청나게 나카무라답다. 내가 같은 곡을 부르면 그냥 반주에 묻혀버릴 것만 같으니까.

"예이~! 슈지, 역시 대단한데?!"

이즈미를 따라하는 건지, 타케이도 탬버린을 들고서 신나게 흔들어대며 분위기를 띄우고 있다. 그나저나 너무 잘 어울리는 그 모습 때문에, 나도 모르게 웃고 말았다.

"타케이…… 탬버린 잘 어울린다."

내가 감상을 말했더니 옆자리에 미즈사와가 피식 웃었다.

"진짜 기쁜데?!"

그리고 칭찬하는 말이 아닌데도 당사자인 타케이는 신이 난 것 같으니까, 그냥 잘됐다 치고 넘어가기로 했다.

이어서 마이크를 잡은 사람은 미즈사와고, 시작된 곡은 Official 히게단dism의 『Pretender』다.

뭔가 엄청나게 유명한 곡이고, 그룹 이름이 이상하다는 정도는 나도 알고 있다.

"오~! 나왔다!! 히로가 부르는 Pretender!!"

그랬더니 거기서, 조금 전까지 나카무라와 사이좋게 노닥거리던 이즈미가 엄청나게 반겼다.

"기다렸어~!"

"역시 이걸 들어야지."

그리고 어째선지 미미미와 히나미도 마찬가지로 시끌시끌 환호성을 질렀는데, 항상 부르는 노래인가. 뭐, 이렇게 사이가 좋으니까.

그리고 시작된 미즈사와의 노래는—— 나카무라의 파워풀한 느낌과 또 다른 스마트한 창법이고, 잘 들어보면 아마도 어려울 것 같은 이 노래를 가볍게, 어렵지 않게 부르고 있다.

목소리는 상쾌하면서도 달콤한, 싫어하는 사람이 없을 것 같은 타입의 노랫소리. 파워의 나카무라, 기술의 미즈사와, 그리고 타케이라는 느낌으로, 이 리얼충 그룹은 역시 제각기 개성이 있구나.

"우와……."

이즈미는 멍하니 화면을 쳐다보고 있고, 그런 와중에 내가 슬쩍 나카무라 얼굴을 봤더니, 엄청나게 심기가 불편해 보였다. 참 알기 쉽네 저 녀석은.

그나저나 일이 조금 난처해졌다. 기껏 타케이랑 둘이 노래를 부른 덕분에 앞으로도 듀엣으로 노래 부르기 쉬운 분위기가 되겠지, 라고 생각했는데, 여기서 두 번 연속 솔로. 이대로 가면 남은 과제를 달성하기가 힘들어진다.

──그렇게 생각했는데, 거기서 또다시 분위기가 달라졌다.

"미미미! 왔어, 우리 차례가!"

예약 화면의 무음 속에서, 히나미가 말했다. 화면을 봤더니 다음 곡으로 표시된 곡은 Perfume의 『초콜릿 디스코』였다.

"좋았어! 맡겨만 두라고!"

미미미도 신이 나서 말했다. 서로 생각이 통한 느낌인데 대체 어떻게 된 걸까, 같은 생각을 하면서 상황을 지켜봤더니, 어째선지 두 사람은 자리에서 일어나더니 앞쪽으로 이동하기 시작했다. 다른 사람들도 "기다렸다고!" 같은 소리를 하면서 박수를 치고 있다.

그리고 전주가 시작되자—— 세상에, 두 사람이 춤을 추기 시작했다.

"어라……?"

그리고 나는 씁쓸하게 웃고 말았다.

왜냐하면 TV 화면에 표시되고 있는 가수 본인들의 안무. 그 앞에 서 있는 두 사람의 춤.

그 두 가지가 완전히 싱크로하고 있다. 뭐야 이 사람들.

노래가 시작되니까 가사도 안 보고 아무렇지도 않게 노래를 부르고, 춤까지 완벽하게 추는 두 사람의 모습은 그냥 완전히 아이돌 그 자체였다. 히나미 양, 미미미 양, 뭘 하고 계시는 건가요. 춤추는 게 완전히 익숙해 보이는데, 이거 항상 하시는 건가요.

"귀엽다~!"

"최고다~~!"

이즈미와 타케이가 신이 나서 큰소리를 질렀고, 나카무라와 타케이도 엄청나게 웃으면서 그 모습을 보고 있다. 뭐야 이거. 아니 분명히 외모가 좋고 화려한 느낌도 있는 데다 신체능력까지 좋은 두 사람이 춤추면서 노래하고 있으니까, 그것만으로도 왠지 즐거워 보이는 건 알겠는데. 나도 씁쓸하게 웃으면서 정신없이 보고 있기도 하니까. 춤도 그냥 평범하게 잘 추고.

그리고 거기서 알아차렸다. 듀엣으로 가는 흐름이 끝났다고 생각했었지만, 잘 생각해보니까 다들 계속 노래를 예약

하고 있으니까, 타케이랑 둘이서 부르는 사이에 예약한 노래가 나올 때까지 이 정도 시간 차이가 나는 건가. 시간차로 분위기 작성, 이것이 노래방. 아니면 이 노래를 입력한 건 히나미니까, 내가 열심히 타케이랑 노래 부르는 모습을 보고, 날 위해서 듀엣으로 부르는 분위기에 맞춰줬을 가능성도 있다.

어쨌거나 덕분에 다시 듀엣으로 부르는 흐름을 만들기 쉬워졌다. 이 기회를 살리기 위해서 작전을 짜고, 먼저 옆자리에 있는 미즈사와나 이즈미한테 같이 하자고 해보자.

그나저나 어떻게 해야 좋을까. 솔직히 내가 알고 있는 노래 중에서 이즈미랑 부를 만한 노래는 전혀 생각이 안 나고, 게다가 그 옆에 나카무라도 있다는 걸 생각해보면 쉽게 말을 걸 수도 없다. 아까 미즈사와가 멋지게 노래를 부르고 이즈미가 좋아했던 것만 가지고도 그렇게 심기가 불편해 보였으니까, 내가 듀엣으로 부르자는 소리라도 하는 날에는, 그 강인한 턱으로 내 뼈를 씹어버리겠지. 그래서 이즈미한테는 나카무라가 노래 부른다든지 하는 사이에 틈을 봐서 몰래 말해봐야 한다.

그래서 나는 먼저 미즈사와한테 말을 걸기로 했는데, 문제는 어떤 노래를 부를지.

나는 리모컨을 들고 인기 랭킹페이지를 열었고, 장르 중에서 듀엣곡을 선택했다. 그리고 그중에서 나도 알고 미즈사와도 같이 불러줄 노래가 없는지 찾아봤다.

그리고, 나는 그중에서 한 곡을 발견했다.

"……미즈사와."

"응?"

나는 리모컨 화면을 보여주면서 미즈사와한테 말을 걸었다.

"이거 불러볼래?"

"둘이서?"

"응."

"좋긴 한데, 후미야 너, 아까부터 자꾸 다른 사람이랑 같이 부르려고 한다?"

그 한마디에 가슴이 두근, 하고 뛰었다. 과제 때문에 목표를 짜서 행동하고 있는 몸이다 보니, 미즈사와의 이런 날카로운 구석이 너무나 무섭다.

"그, 그래?"

"혹시 후미야 너…….."

"뭐, 뭔데."

그리고 미즈사와는 씩 웃고, 가슴이 벌렁벌렁 뛰고 있는 나를 손가락으로 가리키면서.

"──창피해서 그러지?"

"……응."

그리고 뭐 그렇겠지, 라는 타당한 추측을 받았다. 그야 뭐, 이런 걸로 과제 때문이라는 걸 들킬 수는 없으니까. 나는 안심하면서도 작전을 속행했다.

"창피하니까, 부탁해."

"정말이지, 어쩔 수 없네~."

그렇게 말하면서, 미즈사와는 은근슬쩍 내가 들고 있던 리모컨을 가져가더니, 내가 검색한 노래를 예약했다. 이런 데서 주도권을 쥐는 건 그냥 미즈사와의 버릇 같은 것이겠지. 나는 같은 배에 탄 기분으로 몸을 맡기기로 했다.

참고로 그러고 있는 동안에 나카무라와 이즈미가 부른 HY의 『AM 11:00』이라는 노래는, 그냥 소위 말하는 리얼충 폭발해라를 온몸으로 보여주는 것 같은 알콩달콩한 느낌이었기 중간에 끊어버리고 싶었지만, 후렴구에서 이즈미가 엄청 깔끔하게 화음을 넣고, 랩 같은 부분도 나카무라가 쓸데없이 잘 처리하고 해서, 나도 모르게 조금 찡~하는 느낌을 받았다. 나는 들어본 적도 없는 노래지만 둘 다 이 노래를 많이 불러봤구나~ 라는 느낌이 전해져 오는 퀄리티였으니까, 정말로 많이 불러봤겠지. 그렇게 생각하니까 왠지 짜증이 나서, 역시 끊어버리고 싶다.

그리고 찾아온 나와 미즈사와 차례. 흘러나온 곡은 요네즈 켄시와 스다 마사키의 『잿빛과 푸름』이다. 이 정도로 유명한 곡이라면 나도 어느 정도 알고 있고, 물론 미즈사와도 문제없을 테니까.

"오~! 미즈토모 콤비!"

"하하하. 뭐야 그게."

미미미의 영문 모를 소리에 미즈사와가 씁쓸하게 웃었

다. 난 지금부터 시작될 노래 때문에 긴장해서 그럴 여유
도 없다.

"아, 그럼 내가 먼저 부를게."

"뭐?"

그리고 1절이 시작된 순간에 생각이 났다. 그러고 보니
이 노래는 아까처럼 동시에 부르는 게 아니라, 번갈아 가며
부르는 방식이었지. 그렇다면 드디어 내가 혼자 부르는 노
랫소리가 사람들 귀에 전해지게 된다. 으으, 더 긴장된다.

가사에 스페이드 표시가 나와 있고, 이게 클로버로 바뀌
면 내 차례. 노래방에서 일하니까 이 정도는 어느 정도 파
악하고 있다.

"~~~ ♪"

미즈사와가 1절 첫 소절을 부르고, 두 번째 소절을 부르
고, 그리고 내 차례가── 어라? 안 오네.

그리고 자막이 스페이드 상태인 채로 후렴구에 들어갔고,
그대로 후렴구까지 끝나버렸다.

이 노래는 1절은 이쪽, 2절은 저쪽, 같은 느낌으로 완전
히 나뉜 건가. 그렇다면 2절 내내 내 노래 소리가 나오게 된
다. 뭐, 노래방에 온 시점에서 그건 각오했으니까 괜찮지
만, 왠지 좀 창피하네.

"~~~ ♪"

그렇게 해서 나도 열심히 노래를 불렀고, 그러면서 다른
사람들이 어떻게 생각하고 있는지 신경이 쓰여서 슬쩍 봤

지만, 각자 리모컨을 보고 화면을 보고 있는 게, 크게 신경 쓰지 않는 것 같은 분위기다. 하다하다 다 마신 음료수 잔을 들고 리필하러 간 사람도 있는데, 응, 세상이 다 그런 거지 뭐.

그렇게 해서 무사히 노래를 마치고, 마이크를 내려놨다.

그랬더니 히나미가 빙긋 웃으면서,

"토모자키 군, 의외로 잘하네!"

라고 말해줬다. 뭡니까 그거, 과제 진행을 잘하고 있다는 의미로 말하는 건가요.

"으, 응. 고마워."

그렇게 말하면서 슬쩍 봤더니, 아무래도 히나미는 나카무라랑 어떤 곡을 같이 부르려는 건지, 둘이서 마이크를 들고 있다. 오, 이건 기회 아닐까?

시작된 곡은 King Gnu의 『백일(白日)』인데, 이건 나도 아는 노래다. 목소리 톤이 높은 사람과 낮은 사람이 있다는 정도까지는 간신히 알고 있는데, 아마도 거기에 맞춰서 파트를 나누려는 거겠지.

그리고 노래가 시작됐고, 히나미가 먼저 부르기 시작하자—— 분위기가 확 달라졌다.

아까 『초콜릿 디스코』 때하고는 기어를 완전히 바꿔 넣은 것 같은 제대로 부르는 창법. 숨소리나 가성, 비브라토 같은 것까지 구사하는 히나미의 노래는, 노래방이 아니라 아예 커버곡 같은 수준이었다. 이 사람은 진짜 뭐든지 잘하시네요……. 아마 나카무라도 꽤 잘 부르는 편이라고 생각하지만, 히나미랑 같이 있으면 아무래도 좀 빛이 바랜다.

그렇게 해서 나는 그 그룹 리더들 간의 듀엣을 잠시 지켜보고, 타이밍을 봐서 이즈미의 상태를 엿봤다. 그랬더니 예상대로 아까 나카무라가 그랬던 것처럼, 약간 뚱한 표정을 짓고 있었다. 그래, 이게 바로 기회다.

"……이즈미."

"응. ……뭔데, 토모자키!"

나는 큰 음악소리 속에서도 들릴 목소리로 불렀고, 그리고 이렇게 말을 꺼냈다.

"다음에 같이 하나 불러볼래?"

"뭐? 좋아!"

그렇게 간단히 OK 해줬다. 이건 딱히 나카무라에 대한 질투 때문이 아니라 그냥 이즈미 성격이 그래서 그렇게 대답한 것 같기도 하지만, 어쨌거나 OK라는 답은 받았으니까 됐다고 치자.

그리고 문제는 무슨 노래를 부를지인데 ── 나는 아까도 봤던 듀엣 랭킹 화면을 보면서, 한 가지 생각을 떠올렸다. 이즈미의 영역에서 내가 아는 노래를 찾는 게 아니라, 내 영역 안에서 이즈미도 알 수 있을 것 같은 곡을 찾다가, 그것을 발견했다.

그렇게 해서, 나는 화면을 보여주면서 제안했다.

"이거."

"⋯⋯아~! 귀멸!"

그렇다. LiSA의『홍련화』다. 애니메이션 중에서도 특별하게 인기가 있는 작품은, 오타쿠와 리얼충 사이를 이어주는 다리가 되는 경우도 있다. 이 작품이 바로 그 경우인데, 이즈미는 물론이고 나카무라나 타케이도 본 적이 있다고 했으니까 상당히 인기가 있겠지. 솔직히 사실은 나도 그냥 게이머일 뿐이고 애니메이션을 그렇게 잘 아는 건 아니지만, 그래도 이즈미가 자주 부를 것 같은 귀여운 노래보다는, 그나마 내가 아는 곡이니까.

참고로 이 곡은 애니메이션 송 랭킹에서 1위를 차지하고 있었는데, 등잔 밑이 어둡다는 게 바로 이런 일이다. 처음부터 그걸 볼걸.

"좋다! 같이 부르자!"

"오케이~."

그렇게 해서 나는 그 곡을 예약했고, 무사히 난관인 이즈미와의 듀엣을 달성했다──.

고, 생각했더니.

예약 버튼을 누르는 타이밍에 간주에 들어간 나카무라가, 그 노래 제목을 보고서 한마디 했다.

"오, 귀멸이잖아. 좋은데. 누구 노래야?"

이, 이건 왠지 위험한 냄새가 나는데.

"아, 나랑 토모자키야."

"뭐?"

그리고 얼굴을 찌푸리고서 나와 이즈미를 봤다. 엄청나게 심기가 불편한 표정인데, 이건 위험하다. 그 타이밍에서 간주가 끝난 덕분에 나카무라는 다시 자기 노래로 돌아갔고, 나는 약간의 싱킹 타임을 얻었다. 그사이에 어떻게든 하지 않으면, 날 뼈까지 꼭꼭 씹어 먹겠지.

　그런데, 어떻게 해야 좋을까. 왠지 그냥 이대로 있으면『나도 부를래』라든지 그런 이유를 대면서 마이크를 빼앗아서 과제 달성을 방해할 것 같은 예감이 마구마구 든다. 아니, 대책을 마련하지 않으면 틀림없이 그렇게 될 거야.

　이건 분명히 위기. 하지만, 나는 우리나라에서 제일가는 게이머 nanashi다.

　그렇다면, 이 상황을 뒤집을 방법도 떠올릴 수 있을 거야. 이런 때에 nanashi로서의 긍지를 보이고 싶지는 않지만, 나카무라 얼굴이 무서워서 반사적으로 진심으로 생각하게 됐다. 바로 이게 생존본능이다.

　그렇게 해서 nanashi가 된 나는, 그렇게 긴 시간을 들이지 않고도 답에 도달했다.

　그렇다. 위기라면 —— 기회로 바꾸면 그만이다.

　그렇게 해서 나카무라의 노래가 끝난 타이밍에서 몸을 앞으로 내밀고, 나카무라와 이즈미한테 들리는 목소리로 말했다.

　"아, 그럼 셋이서 마이크 돌려가면서 부를까?"

　"오, 그거 좋다!"

이즈미가 간단히 넘어와 줬고, 나카무라도 잠깐 깜짝 놀란 표정을 짓기는 했지만 괜찮다고 받아들였다. 아마도 듀엣보다는 낫다고 생각했겠지.

좋았어. 기껏 이즈미랑 같이 부를 수 있는 기회를 나카무라한테 빼앗길 뻔했지만, 그걸 기회로 바꿔서 한 곡으로 두 사람이랑 듀엣을 달성했다. 한 곡에 한 사람이라는 얘기는 안 했으니까, 이래도 되겠죠 히나미 양.

그렇게 해서 나는 나카무라, 이즈미 커플 사이에 훼방꾼 같은 모양으로 끼어서 듀엣으로 노래를 불렀다. 히나미는 과제 대상이 아니니까, 남은 건 미미미 한 사람뿐이다.

그나저나 뭐랄까…… 어떤 의미에서는 미미미가 제일 어렵단 말이야.

노래방에서 듀엣곡을 부르려면 아무래도 연애와 관련된 가사의 노래가 많고, 솔직히 말해서 노래 자체가 연애와 관련된 곡들이 많다.

그걸 지금의 미미미랑 같이 부르는 건, 좀 무리다.

일단 마음을 받았지만 결국 키쿠치 양과 사귀게 된 지금 이 상황이다 보니, 둘이 같이 노래를 부르는 자체가 엄청나게 어려운 일이 돼버렸다.

시간을 확인해보니 앞으로 30분 정도 남았다. 이대로 가면 내 차례는 앞으로 한두 번 정도 돌아오겠지.

후반에 들어간 탓인지, 방 안의 분위기가 점점 가라앉아서, 히나미가 부른 아이묭의 『메리골드』를 시작으로, 굳이 따지자면 차분한 노래들을 부르는 분위기가 됐다.

거기서부터 미미미가 부른 코레사와의『연인 실격』, 이즈미의 HY의『366일』로 이어지면서, 뭔가 아주 좋은 분위기가 되어갔다. 왠지 각자가 자신의 진심이 담긴 노래를 부르는 것 같았고, 당연히 그런 진심으로 부를 수 있는 노래가 없는 나는 더할 나위 없이 어떻게 해야 좋을지 모르는 지경이 돼버렸다.

참고로 지금은 미즈사와가 RADWIMPS의『스파클』을 부르고 있고, 이번에도 이즈미가 황홀한 표정을 짓고 있고, 나카무라가 짜증을 내고 있다. 점점 패턴화되어가는 것 같아서 하나도 걱정이 안 되네. 참고로 그 전에 타케이가 또 아라시 노래를 불렀는데, 뭐 이건 됐고.

미즈사와가 노래를 부르는 중에 나카무라가 엄청나게 노래를 뒤지면서, 열심히 고민하고 있다. 그리고 오랜 검토 끝에 ONE OK ROCK의『Wherever you are』를 예약했다. 엄청나게 장고한 이유가 대체 뭔지 궁금하기도 한데, 아마도 미즈사와한테 대항할 수 있는 노래를 찾았던 것 같다.

"~~~ ♪"

그렇게 고민한 보람이 있는지, 나카무라가 진심으로 부르는 노래는 엄청나게 좋았고, 이즈미도 완전히 여자다운 표정을 지었다. 뭐, 커플이니까 잘됐네요, 같은 기분도 들기는 했지만, 그냥 니들끼리 마음대로 했으면 좋겠다. 난 아무것도 못 본 걸로 하고.

그러는 사이에 마침내 10분 남았다는 연락이 왔다.

슬슬 마지막 곡이거나 다음 곡이 마지막. 적어도 내가 부를 수 있는 건 이번이 마지막이겠지.

남은 과제는, 미미미 하나뿐. 그렇다면 나는 어떻게 해야 할까.

모두가 진심으로 노래를 부르는 사이에, 나는 생각하고 있었다.

어떻게 해야 재주껏 미미미와 노래를 부를 수 있을까.

그리고 어떻게 해야 어색한 분위기가 되지 않을까.

다양한 가능성을 검토한 결과, 나는 이 방법에 걸어보기로 했다.

리모컨을 조작해서, 예약.

노래방 화면에는——『합창곡 / 길 떠나는 날에』라는 제목이 표시됐다.

나는 다른 사람들의 반응을 살폈다.

그랬더니.

"……오~!! 좋은데, 브레인!!"

"잘했어 뚝돌아! 나도 부를래!"

예상대로 미미미가 미끼를 물었고, 그리고 어쩌면 될지도 모른다고 생각했던 타케이도 넘어왔다.

"좋았어, 그럼 다 같이 부를까?"

이즈미가 그렇게 말했다.

그렇다. 내가 노린 건 바로 이 상황.

——합창곡을 다 같이 부르는, 그런 상황이다.

노래방에서 아르바이트하면서, 학생 그룹들이 가끔씩 이렇게 마무리하는 걸 몇 번인가 본 적이 있다. 뭐 솔직히, 마지막에는 누가 부를지 신경 안 써도 되고, 분위기는 사니까.

그리고 그렇게 하면 과제인『같이 부른다』도 문제없이 달성할 수 있다. 아무래도 이즈미와 나카무라는 셋이 불러서 달성했으니까, 꼭『둘이서』불러야만 하는 건 아니다. 치사하다고 할 수 있지만, 룰에 구멍을 남겨둔 쪽이 잘못이니까.

그렇게 해서 우리는 다 같이 그 노래를 불렀고, 이걸로 미미미도 같이 부른 게 돼서 무사히 목표를 달성했다. ……한 거죠, 히나미 씨?

그리고 그 뒤에, 나와 미즈사와는 같은 노래방에서 아르바이트해야 하므로 그대로 해산하게 됐고, 다른 사람들을 배웅했다.

그나저나 좀 그러네. 과제 때문에 열심히 싸운 몇 시간이었지만, 단순히 친구들이랑 같이 노래방에서 노래를 부른다는 게 왠지 재미있었다.

그런 생각을 하면서 미즈사와랑 같이 탈의실에서 일 시작할 시간을 기다렸고, 그러면서 히나미한테 LINE으로 보낼 메시지 내용을 적어뒀다.

『마지막에 미미미도 같이 불렀으니까, 과제는 틀림없이

달성했다.』

　나는 거만한 얼굴로 그 메시지를 보냈고, 히나미의 답장을 기다렸다. 후후후, 어떠냐 NO NAME. 이것이 룰조차도 바꿔버리는 nanashi의 싸우는 방법이다.

　히나미의 원통해하는 얼굴을 떠올리면서 답장을 기다렸고, 몇 분 뒤에, 히나미가 보내온 메시지는 이런 내용이다.

　『뭐 그걸로 달성했다고 쳐도 되기는 하는데, 그럼 마지막 한 곡만 불러도 됐겠네.』

　"……아."

　그 말을 듣고서야 알았다. 생각해보니까 그러네. 그걸로 다 같이 부른 게 되니까. 그게 인정된다면 그전까지 같이 부르려고 난리를 쳤던 일들이 전부 아무 의미도 없는 게 돼버리잖아.

　"……흐음."

　"왜 그래 후미야?"

　"아, 아, 아냐, 아무것도."

　그렇게 나는, 과제를 달성했으면서도 영문 모를 패배감에 사로잡혔다. 뭔가 뒷맛이 찜찜하네.

약
토 캐
모 자
지 기
군

The Low Tier Character
"TOMOZAKI-kun";

6
코타츠의 천사

12월 31일. 섣달그믐.

저는 집에 있는 코타츠에 들어가서 귤을 먹고 있었습니다.

머릿속에 떠올리고 있는 것은 올해 있었던 많은 변화. 지금까지 혼자서 흑백 세상을 살아왔던 저에게, 이 일 년 동안에 일어난 일들은 너무나도 선명해서. 눈이 부실 정도의 색채와 정신없이 흔들리는 감정은, 소심한 저에게는 숨이 막힐 정도로 엄청난 일이었지만, 동시에 그것은 진심으로 즐겁다고 생각할 수 있는 일상이었습니다.

무엇보다 저를 기쁘게 해준 것은, 달라진 것은 세상이 아니라 나다, 라는 자신감입니다.

오른손에 들고 있는 귤과 왼손에 들고 있는 스마트폰.

뭔가를 먹으면서 휴대전화를 만지다니, 제가 어느새 이렇게 버릇없는 사람이 될 걸까요. 하지만 이렇게 가슴 두근거리면서 메시지가 오기를 기다리는 느낌은, 틀림없이 새로운 풍경 속에서만 맛볼 수 있는, 소중한 것이라고 생각합니다.

코타츠가 다리를 따뜻하게 덥혀주고, 그러면서도 머리는 공기 때문에 시원한 것처럼.

한 손에 과일을 잡고, 다른 한 손으로는 사랑스러운 말을 기다리고 있는 것처럼.

행복과 불안이 뒤섞인 것 같은 감각은, 부자연스러운 것 같지만 틀림없이, 자연스러운 것입니다.

열등감과 망설임이 눈처럼 쌓이고, 제 눈에 그림자를 드리우고 있던 그 시절에서, 그 풍경은 분명히 달라졌고. 지금은 눈이 너무 부셔서 살짝 감아야 할 것만 같은 매일이 있고.

그리고 저를 바꿔준 것은── 제 왼손이 애타게 기다리고 있는, 그 사람입니다.

"누나~! 국수에 떡 안 넣는대~!"

부엌에 있던 남동생 리쿠가 뛰어와서 제 옆에 앉았습니다. 저보다 네 살 어린 리쿠는 벌써 중학교 1학년인데도 누나한테서 떨어지지를 않는데, 그러면서도 학교에서는 운동회 응원단장을 맡을 정도로 활발하다고 하니, 도저히 믿을 수가 없습니다. 아마도 집에서와 밖에서, 조금씩 다른 얼굴을 보여주고 있다고 생각합니다.

저를 포함한 모든 이가, 그때마다 다른, 그런 얼굴을 가지고 있으니까요.

"해넘이 국수에는 원래 떡 안 넣잖아?"

"어! 그런 거야?!"

"응. 떡은 떡국에 넣는 거니까."

"아! 그렇구나!"

바로 납득한 리쿠가 귀여워서, 저는 기특하다고 머리를 쓰다듬어줬습니다. 리쿠는 "하, 하지 마"라고 하면서도 얌전히 있는 걸 보면, 아마도 그렇게 싫은 건 아니겠죠.

"그나저나! 지금 엄마한테 들었는데 말이야!"

"들었다니, 뭘?"

"누나 남자 친구 생겼다면서? 엉큼하게."

"뭐……."

지금 리쿠가 엄청난 소리를 했습니다. 놀릴 것 같아서 연인이 생겼다는 말은 안 하기로 했었는데, 그걸 알게 된 건 물론이고, 이상한 의심까지 하고 있습니다.

"어, 엉큼하다니……."

"어~ 그야 남자 친구 생기면, 그런 거 하는 거잖아."

"아, 아니…… 누나는 아직……."

나는 그렇게 말하면서, 얼굴이 믿을 수 없을 만큼 뜨거워지는 게 느껴졌습니다. 그걸 상상하기만 해도 제정신이 아니게 돼버리는데, 전 지금──.

"우와, 누나 『아직』이라고 했다."

"리, 리쿠!"

그렇습니다. 그 말은 마치 저도 언젠가는 그걸 한다는 전제로 생각하고 있는 것 같고. 하지만 그렇다고 해서, 영원히 안 하는 걸 전제로 삼은 거냐고 묻는다면, 틀림없이 그것도 아니고. 저는 그것을 사고 테이블 위에 올려놓는 자체를, 꺼리고 있었습니다.

"그, 그런 소리 하는 거 아냐!"

"으아~ 누나 엉큼하대요~."

"지, 진짜……."

학교에서는 이렇게 속을 터놓고 편하게 얘기하는 일이 거의 없다 보니, 순식간에 넘어가 버리고 말았습니다. 어떻게

해야 좋을지 모르겠습니다. 아마도 이런 이야기는 남자애들이나 하는 것이니까, 저한테 내성이 없는 건 어쩔 수 없는 일입니다. 어쩌면, 그렇게 생각하고 싶을 뿐인지도 모릅니다.

"리쿠~! 잠깐 이리 와볼래!"

부엌에서 어머니가 부르는 목소리가 들려오자, 리쿠는 약간 뚱한 목소리로 "뭔데요~!"라고 대답했습니다. 내키지 않은 표정이지만 자리에서 일어났고, 바로 부엌으로 걸어가는 솔직한 점이, 제가 생각하는 리쿠의 귀여운 점입니다.

"아, 누나도 먹을 거지? 국수."

"응."

"배가 고프기는 해? 많이 먹을 수 있겠어?"

"음~ 그냥 보통이면 될 것 같은데."

"알았어!"

그 말만 듣고, 개구쟁이에 참견쟁이인 리쿠는 부엌으로 들어가서 어머니의 음식 준비를 돕기 시작했습니다. 저는 거기에 맞춰서 코타츠 위를 정리했습니다. 아버지는 마지막 스퍼트다, 라고 말하고는 방에 틀어박혀서 아직까지 일을 하고 계신데, 매년 있는 일이니까, 아마도 새해가 되기 30분 전쯤이면 거실로 오실 겁니다.

시간은 밤 11시. 슬슬 올해도 본격적으로 저물어가고, 새로운 한 해의 냄새가 풍겨오기 시작합니다.

저는 시간을 확인하고는 스마트폰을 슬쩍 뒤집어놨고, 그

대신에 코타츠 위에 놓아뒀던『내가 모르는 나는 방법』의 각
본 쪽으로 손을 뻗었습니다. 펼치면 보이는, 페이지마다 빼
곡하게 적혀 있는 빨간 글자. 생각 난 연출을 알기 쉽게 표
현하기 위해서 수많은 메모를 해뒀고, 그것들을 다른 사람
들한테 전해줬고. 생각해보면 그때 보냈던 시간은, 제 고집
을 다른 사람들이 실현해준 것이나 마찬가지였고. 그것은
틀림없이, 정말로 귀중한 경험이었습니다.

그 시간을 증명해주는 것 같은 이 각본은, 제게 있어 정말
로 소중한 보물입니다.

"……아."

문득 눈에 들어온 것은, 히로인 중에 한 사람, 아르시아를
다루는 장면이었습니다.

적혀 있는 빨간 글씨의 메모. 나츠바야시 양의 솔직한 표
정과 히나미 양의 귀기 서린 연기. 제가 만든 이야기가 믿
을 수 없을 만큼 이상적인 형태가 됐고, 거기에는 분명히 캐
릭터 이상의 무언가가 깃들어 있었고.

저는 이 장면에, 어떤 것을 담으려고 했었습니다.

각본의 그 부분을, 천천히 읽어봅니다.

『음~ 내가 좋아하는 건, 하나도 없는 것 같아.』

아르시아, 그렇게 말하면서 슬프게 웃는다.

크리스, 당황한다.

『뭐? 그, 그치만, 그렇게 많이 알고, 손재주도 좋아서 뭐든

지 만들고, 마법도 정말 잘하잖아! 전부 좋아하는 거 아냐?』

『아니. 왕가의 피를 이어받았고, 난 여왕이 돼야만 하니까…… 나름대로 매일 열심히 노력하고 있을 뿐이야. 딱히 좋아하는 건 아니고.』

『그래도 말이야, 그건 정말 대단해! 거기에 비하면 나 같은 건, 아무것도 없잖아.』

『음~.』

『나도 말이야, 아르시아처럼 되고 싶거든?』

아르시아, 얼굴을 찌푸린다.

『──나, 처럼?』

아르시아, 크리스를 보면서.

『크리스는 아마, 날 오해하고 있어.』

『오해?』

『난 크리스가 생각하는 것처럼 훌륭한 사람이 아니야.』

『무슨 말이야?』

"난 전부 가지고 있어. 하지만──."

아르시아, 객석 쪽을 본다.

"그렇기 때문에── 아무것도 없어."

다시 읽었더니 마음에 남아 있던 상처 자국이 근질거리는 것처럼, 무대의 풍경이 머릿속에 떠오릅니다.

특히 마지막 두 대사. 공허한 울림이 찌르는 것처럼 다가왔고, 마치 아르시아가 정말로 거기에 있는 것 같은── 그리고 아르시아가 아니라, 그녀 자신이 그렇게 말하는 것 같은 기분까지 들고.

아니, 어쩌면 그건 정확한 표현이 아닌지도 모릅니다.

왜냐하면 그건 원래, 연기하는 사람이 히나미 양이었기에, 넣었던 대사였으니까요.

"잘 한 걸까…… 이걸로."

저는 일주일 전에 있었던 일을 떠올리면서, 혼자 중얼거렸습니다.

그것은, 어쩌면 너무 깊이 파고들었는지도 모른다는, 그런 불안 때문이었습니다.

* * *

"후카."

문화제 뒤풀이가 끝나갈 때.

소스가 익어가는 구수한 냄새가 나고 반 친구들이 담소를 나누는 목소리가 들려오는 오코노미야키 가게에서, 히나미 양이 제게 말을 걸었습니다.

"……히나미 양?"

저는 적잖게 놀랐습니다.

오늘은 평소보다 많은 사람과 이야기를 나눴고, 조금이나마 제 마음을 여는 요령을 알았다고 생각했는데, 어째선지 그때의 히나미 양에게는 위화감이 들었습니다.

"수고했어. 오늘 뒤풀이도…… 그리고, 연극 각본도."

"저기…… 저야말로, 아르시아 역, 정말 수고하셨어요."

화장실 근처 통로에서, 단둘이.

언제든지 이야기할 수 있는 타이밍이 있었는데도 여기서 시작된 대화는, 마치 히나미 양이 일부러 단둘이 이야기할 수 있는 장소를 선택한 것처럼 여겨졌고.

"응, 고마워. 정말 잘 쓴 각본이었어."

마침 생각이 났다는 것 같은 말투로 자연스럽게 이어가는 대화는, 처음부터 그 이야기를 하려고 준비했다는 것처럼 느껴졌습니다.

왜 그렇게 생각했는지, 그건 저도 모르겠습니다. 그냥 감일까, 착각일까, 아니면 제 안에 있는 아르시아의 이미지가 그렇게 만든 걸까.

어쩌면, 토모자키 군과 같이 갔던 히나미 양에 관한 취재에서 그 이야기를 들었을 때부터, 그런 추측이 생겨난 건지도 모릅니다.

어쨌거나, 제 안에서 뭔가 느낌이 왔다는, 그것만이 사실이었습니다.

"고맙습니다. 각본, 정말 고생했지만…… 좋은 결과가 나왔다고 생각해요."

"아아아. 그렇다면 다행이네."

그리고 히나미 양은 빙긋 웃으면서 절 바라봤습니다.

어째서일까요. 다른 뜻은 없을 것 같은 그 깔끔한 표정.

저는 그게 또, 묘하게 무서웠습니다.

"나한테도 ——정말, 재미있었어."

히나미 양은 딱히 이상한 말을 하지 않았습니다. 하지만, 그 말에는 어둠침침한 동굴 속에서 물방울이 떨어지는 것 같은 울림이 담겨 있었고. 고독을 비춰주는 것 같은 쓸쓸함이 있었습니다.

"물어볼 게 있는데 말이야. 아르시아에 대해서."

제 감사의 말을 딱 잘라버리려는 것처럼 진행되는 대화. 히나미 양의 얼굴에 드리워 있는 웃는 얼굴은 즐거워 보이고 다가가기 편해 보이지만, 동시에 딱 달라붙어서 떨어지지 않는 무언가처럼 느껴졌고.

"아르시아는 말이야, 텅 빈 여자아이 맞지?"

"……그렇겠죠."

"그렇구나."

히나미 양은 살짝 고개를 숙였다가, 다시 절 똑바로 쳐다봤습니다.

"그걸 메우기 위해서, 여러 가지 일들을 열심히 하는 거지?"

"그러니까…… 마공예 대회라든지…… 무술이라든지, 공부하고 있죠."

"응."

나는 생각지도 못한 방향으로 나아가는 대화 때문에 놀라면서도, 히나미 양이 이런 질문을 하는 동기에 대해서 생각해봤습니다.

"전부 가지고 있고, 그렇기 때문에 아무것도 없다――고 했었지."

"……그랬죠."

히나미 양은 고개를 살짝 숙이고, 딱 한 번 날름, 하고 입술을 핥았습니다.

"저기 말이야. 나는 내 나름대로 해석해서 아르시아를 연기했는데, 후카가 어떤 생각으로 그 대사를 썼는지가, 마음에 걸려서 말이야."

그녀가 이런 걸 물어보게 된 동기. 그건 당연히 단순한 흥미 때문이기도 하겠지만, 저는 그렇지 않은 것 같다는 생각도 들었습니다.

왜냐하면 그 캐릭터는, 제가 히나미 양을 모델로 만들었으니까.

제가 히나미 양을 모델로 만든, 누구보다 강하고, 그렇기 때문에 그 한복판에 아무것도 없는 여자아이.

이 캐릭터를 만들었을 때, 저는 그것이 히나미 양을 흔들게 될 가능성도 생각했었습니다.

……아니, 솔직히, 마음속 어딘가에서는 그러기를 바랐는지도 모릅니다.

그녀의, 가면 속에 있는 표정에.

틀림없이―― 토모자키 군의 세상에 빛을 준 마법사가

틀림없을 이 여자아이의 마음속에 대해서, 관심이 있었으니까.

"저기……."

그래서 저는, 신중하게 대답할 말을 찾았습니다. 저는 저를 위해서도, 제가 생각하는 아르시아의 모습을, 최대한 정확하게 전하고 싶다고 생각했습니다.

"아르시아는…… 자기가 정말로 좋아한다고 생각하는 것이 없고, 자기 혼자서 자신을 긍정할 수도 없고."

주어에 이야기의 가면을 씌우면서, 저는 말했습니다.

"그래서—— 난 이걸로 됐다, 고 생각할 수 있는 증거를 원하는 거예요."

"증거?"

저는 고개를 끄덕이고, 계속 설명했습니다.

"예를 들자면 뭔가, 이게 증거라는 만들어낸 이야기를 믿어버리면 편하겠지만, 그러기에는 아르시아가 너무 강하고, 똑똑해서…… 어설프게 만들어낸 이야기는, 믿을 수가 없어서."

"그래서, 무술이나 공부에서도 1등을 차지한다는 거야?"

저는 히나미 양의 그 질문에, 고개를 끄덕였습니다.

"……그런, 세상이 가치를 보증하는 것에서, 옳다는 걸 찾아내고 있어요."

"그래. ……그렇구나."

히나미 양은 복잡한 표정으로 아주 잠깐 저한테서 눈을 돌렸습니다. 추측은 해도 그 정확한 이유는, 저도 모릅니다.

"그 사실을…… 아르시아 자신은 알아차리지 못한 거야?"

저는 잠시 망설였지만, 거기에 대해서는 제 나름대로 답이 있었습니다.

"아르시아 자신도 틀림없이…… 알아차렸을 거라고 생각해요. 표면상으로는 이상적인 존재, 하지만, 사실은 아무것도 가진 게 없는. 그렇기 때문에, 그렇게 크리스한테 자백했다고 생각해요. ——자신에게는, 아무것도 없다고."

"그렇구나."

히나미 양은 납득한 것처럼 고개를 끄덕였습니다.

"내가 말했던 그 대사는, 그런 뜻이었구나."

"……예."

제가 **아르시아에 대해서** 설명했더니, 히나미 양은 말없이 고개를 몇 번 살짝 끄덕였고, 한참 지나서 입을 열었습니다.

"아르시아는, 어째서 그렇게 됐을까? 무엇 하나 좋아한다고 생각하지 않는, 텅 빈 마음이."

히나미 양의 그 질문은 아주 조금, 대답하기 힘든 것이었습니다.

히나미 양이 어째서 그런 질문을 했는지도 모르겠고, 무엇보다 그 이유는, 이야기 속에서의 상상이었으니까.

하지만 저는 최대한 정확하게, 그 대답을 제 말로, 히나미 양에게 전했습니다.

"그건…… 아마도, 왕가에서 태어났기 때문이에요."

"왕가에서?"

저는 또, 고개를 끄덕입니다.

그렇습니다── 그것은 어디까지나, 상상.

"태어났을 때부터 공주가 되는 게 정해져 있고, 그래서 어떤 일을 하면 사람들이 좋아하고, 어떻게 행동하면 잘못되는 것인지, 아마도 전부, 순환으로 정해져 있어서."

만약에 세상 어딘가에, 마음 한복판이 텅 빈 여자아이가 있다면.

"자신이 어떻게 하고 싶은지가 아니라, 어떻게 행동하는 것이 왕가에 걸맞은지. 그렇게 생각하는 것이 그녀의 마음속에 뿌리내리고 있고."

어떤 환경이 있었을 때, 그런 마음과 가치관이 생겨나는 걸까.

"아르시아는 틀림없이, 거기에 따르는 것 말고는, 골인 지점을 찾아내지 못했어요."

진심으로 상상하고, 캐릭터의 마음속 제일 깊은 곳에 대해 물어보고.

"하지만 어디선가 그것을 믿을 수 없게 됐을 때, 그녀의 마음에 남은 것은…… 아무것도 없고."

그 모든 것을 제 세계와 연결해서, 하나의 이야기로 만들어냈습니다.

"그래서 결과적으로, 텅 빈 여자아이가 생겨난 걸까, 하고……."

그것이, 제가 생각한, 아르시아의 **동기**였습니다.

제가 거기까지 말하자, 히나미 양은 깜짝 놀란 것처럼 눈을 깜박거렸습니다.

"……대단하네. 그 각본, 거기까지 생각했구나."

그리고 뭔가를 생각하는 것처럼 눈을 감고는, 다시 강한 시선을 제게 보내왔습니다.

"취재했다……고, 했었지?"

"그러니까…… 예."

생각지도 못한 화제 전환에, 깜짝 놀랐습니다. 취재라는 건 저와 토모자키 군이 각본을 쓰기 위해서 했던, 히나미 양의 과거에 대한 취재 얘기겠죠.

"거기서, 무슨 얘기 들었어? 내…… 신상에 대해서."

그 질문을 받고 제 머릿속에 떠오른 것은, 여동생분 이야기였습니다. 하지만, 뭔가 구체적인 이야기를 들은 것도 아닙니다. 초등학교 때는 여동생 둘과 사이가 좋았다는 이야기가 있었는데, 중학생이 됐더니 한 사람만 남았더라.

그 원인은 모르겠지만 틀림없이 무슨 일이 있었겠지 같은, 그런 정도입니다.

저는 어디까지 건드려도 될지 망설였지만, 숨김없이 솔직하게 말하기로 했습니다.

"저기, 그러니까, 여동생분이 ——."

"——들었어?"

찢어버리는 것 같은 목소리.

그때, 저는 정말로 놀랐습니다.

왜냐하면 저를 보는 히나미 양의 표정은 마치, 그 연극 속에서 처음으로 비룡을 봤을 때의 아르시아보다 날카롭고. 망설임 없이 그 강한 힘으로. 저를 조여 버릴 것만 같았고.

숨이 막힐 정도로 새카만 눈동자가, 제 심장을 꿰뚫고 있었습니다.

"아, 아뇨…… 그러니까, 단편적으로, 추측이 있는 것뿐이고……"

"단편적으로?"

"그러니까, 그게…… 초등학교 때 친구와 중학교 때 친구 이야기를 듣고, 거기서 나오는 여동생분이 다른 것 같다…… 그 정도예요."

"……그래."

"저, 저기…… 죄송해요. ……멋대로."

제가 사과했더니, 히나미 양은 잠시 무표정한 얼굴로 저를 본 뒤에, 아주 잠깐 그 새카만 눈동자가 흔들리면서,

"그거, 토모자키 군도 알고 있어?"

"……예."

"그렇구나. ……알았어."

거기까지 말하고, 다음 순간에 히나미 양은 평소와 똑같은 표정으로 돌아와 있었습니다.

"아, 그나저나 미안해, 갑자기! 연극, 정말 멋졌어! 진짜 수고 많았어!"

"아, 예…… 고맙습니다."

"그럼, 난 갈게!"

그렇게 해서 제 마음에 커다란 위화감을 남긴 채, 히나미 양은 가버렸습니다.

　　　　＊　＊　＊

정신을 차려보니, 귤이 손에서 툭, 하고 떨어졌습니다.

"아……."

저는 운 좋게 껍질 위로 떨어진 그 귤을 주워서 의미도 없이 빤히 쳐다본 뒤에, 입에다 쏙 집어넣었습니다.

그때 했던 이야기. 떠올리면서, 저는 복잡한 기분이 들었습니다.

히나미 양에 대해 생각하면서 살을 붙여나갔던, 아르시아라는 캐릭터. 그 내면에 대해 히나미 양에게 말한 것이, 정말로 옳은 일이었을까.

그리고 깊이 파고 들어가 버린 히나미 양의 사정. 취재를 했던 게, 정말 잘한 일이었을까.

일단 나와 버린 것은 되돌릴 수 없고, 히나미 양이 사실은 어떻게 생각하는지, 그건 본인만이 알고 있습니다.

하지만 깊이 파고들다 보면, 아무래도 책임이 발생하게

됩니다.

제게 거기에 대한 각오와 준비가, 있었을까요.

"누나, 국수 다 됐어!"

갑자기, 부엌에서 리쿠가 저를 불렀습니다. 저는 공상 속 세상에서 현실로 돌아왔고, 소리 내서 대답했습니다.

"알았어~ 고마워."

저는 부엌으로 가서 리쿠와 같이 2인분씩 국수를 들고 코타츠까지 가져갔습니다. 오리 고기가 들어간 따뜻한 국수에서는 가다랑어 육수 향기가 났고, 따뜻하게 피어오르는 김은 한 해가 끝난다는 것을 말해주고 있습니다.

그리고 아버지도 방에서 나와 거실로 오셨고, 부엌에 계시던 어머니도 오셨습니다. 저희 네 식구가 코타츠를 가득 채웠습니다.

"정말이지, 올해도 많은 일이 있었네" 아버지가 말씀하셨습니다.

"그러게. 리쿠는 응원단장이 되질 않나, 후카는 문화제에서 연극 각본을 쓰고, 아주 파란만장했어."

"그거, 아빠는 못 갔었는데 말이야. 후카, 잘했다면서?"

"응. 각본 있는데, 읽어보실래요?"

"오! 나중에 꼭 보여다오. 그래, 일단 일이 정리돼야, 하니까…… 다음 달 말쯤에…….."

"후후. 아빠, 많이 바쁜가 보네요."

그렇게 보내는 따뜻한 시간은, 제게 있어 무엇보다 소중한 것입니다.

   가족들이 다 같이 해넘이 국수를 먹었고, 이제 그때를 기다릴 뿐입니다.
   "누나, 날짜 바뀐다~!"
   "정말이네. 앞으로 20초."
   저는 TV 화면 속에서 사라져가는 숫자를 보면서, 기도하는 것 같은 심정이 되었습니다.
   올해는 정말로 멋진 한 해였어. 그러니까──.
   내년에는 더, 눈이 부실 정도의 한 해로 만들고 싶어.
   아니, 해낼 거야, 하고.
   새해까지 10초, 리쿠가 화면을 보면서 힘차게 숫자를 외칩니다.
   "4, 3, 2, 1!"
   "해피 뉴 이어!"
   그리고 우리 네 가족을 짝짝짝 박수를 치면서 새해를 맞이했습니다. 매년 새해를 이렇게 맞이했는데, 올해는 왠지 평소보다 더 활기차게 느껴졌고.
   "……아."
   그때, 제 스마트폰에서 진동이 울렸습니다.
   화면을 봤더니, 거기에는.

『키쿠치 양, 새해 복 많이 받아!

새해 참배, 기대하고 있을게.』

그토록 기다리던, 토모자키 군이 보낸 LINE 메시지였습니다. 저는 그 스마트폰을 꼭 쥐었습니다.

"아~! 누나 실실 웃는다~! 엉큼해~."

"그, 그러니까……!"

"엉큼하다고……?! 후카, 그게 무슨 소리냐?!"

"얘 리쿠, 아빠한테는 비밀이라고 했잖아."

"비, 비밀?! 후, 후카, 뭐, 뭐, 뭐, 뭐가 비밀이라는 거냐?!"

"저기…… 그게, 아니라……!"

"뭐, 뭐, 뭐가 아니라는 건데?!"

"아~ 진짜…… 리쿠!"

그렇게 평소보다 아주 조금 시끄러운, 그러면서도 기대와 두근거리는 기분으로 가득 찬 제 새해가, 시작됐습니다.

문득, 창밖을 봤더니 ── 집안에서 나가는 빛에 비친 마당에 두껍게 쌓여 있던 눈은, 전부 녹아서 없어졌습니다.

작가 후기

여러분 오랜만입니다. 100만 부 작가 야쿠 유우키입니다.
이 시리즈가 시작된 지도 거의 4년이 지났고, 지금까지
나온 책은 이 책으로 기념비적인 열 권째. 이렇게 긴 시리
즈가 된 것은 그야말로 응원해주신 독자 여러분 덕분이고,
100만 부 작가 야쿠 유우키도, 진심으로 감사하는 마음으
로 가득합니다.

또한 애니메이션 제작 작가 야쿠 유우키로서는 역시 앞으
로도 지금보다 더 재미있는 이야기를 만들고 싶다고 생각하
며, 한마디로 그렇게 캐릭터들의 매력을 충분히 전하는 것
이야말로, 권당 평균 10만 부 작가인 야쿠 유우키의 사명이
라고 생각합니다.

그렇게 해서, 감사합니다! 토모자키 군 시리즈, 일본에서
누계 100만 부를 돌파했습니다!

그리고, 경사스러운 일은 그게 전부가 아닙니다.

이번 권 특장판에는 시리즈 최초로 드라마 CD가 포함되
고, 2020년 5월에는 일본에서 미미미가 주인공인 스핀오프
만화도 시작됩니다. 애니메이션 제작도 정식으로 결정돼
서, 방송을 위해 제작이 착착 진행되고 있습니다. 물론 본
편의 만화판도 진행 중이니까, 마음껏 골라서 보세요. 이렇
게 많은 전개가 이루어지고 있는 것도 정말 감사한 일이라
고, 뼈저리게 느끼고 있습니다.

그렇게 여러 가지 안건을 끌어안고 있다 보니, 당연히 저도 많이 바빠집니다. 그저 집필만 하면 되는 게 아니라, 베이스가 되는 『이야기를 만든다』는 축을 바탕으로 드라마 CD 각본, 만화 원작, 각본 회의 등등, 여러 가지 스위치를 잘 구분해서 사용해야만 합니다. 그것은 같은 줄기에서 평행하게 파생되는 가지들을 잔뜩 낳는 것 같은 방식이고, 어떤 의미에서는 이번 권의 첫 번째 삽화, 히나미 집안 세 자매의 머리카락에 깃든 『흑발이라는 범위 안에서 세심한 색 구분』과도 비슷하다고 할 수 있습니다.

저 인간 또 시작했다고 말씀하시는 것 같은 시선이 느껴지지만 제 말을 들어봐 주세요. 여기서 강조하고 싶은 것은 그녀들이 당시에 초등학생—— 즉 설정상으로는 세 사람 모두 『검은 머리』라는 점입니다. 그리고 검정이라는 것은 기본적으로 모든 색을 흡수하는 무채색. 거기에 색 차이를 주는 것은 힘들 것입니다.

하지만 이번 삽화에 칠해진 색은 어떤가요. 갈색 같은 검정, 푸르스름한 검정, 그리고 분홍색이 섞인 검정. 도저히 같은 『검정』이라는 걸 믿을 수 없을 정도로 선명하고, 그러면서도 어디까지나 저희가 『검정』이라고 생각할 수 있는 범위 안에서, 화려하게 색이 구분되어 있습니다.

이 화려한 색 구분—— 그 놀라운 센스가 『자매』라는 설정에 따라다니기 쉬운 문제를 간단히 뛰어넘게 해줬다는 사실을 이해하셨는지요.

자매는 핏줄이 이어져 있습니다. 물론 그렇다고 해서 그 외모가 꼭 닮았다는 건 아니지만, 일러스트라는 표현상, 아무래도 닮게 그리는 경우가 많습니다. 그리고 이번에 그린 히나미 가문 세 자매도 예외 없이, 나이 차이도 있기 때문에 어느 정도 다르지만, 얼굴이나 머리모양 등의 중요한 포인트는 상당히 닮게 그렸습니다. 특히 앞머리 모양과 눈동자 색이 전부 똑같다는 점 등에서, 그런 경향이 현저합니다.

자매니까, 당연히 특징이 닮는다.

그것은 원래, 머리카락 색에 있어서도 똑같이 적용됐어야 합니다.

한마디로 현실에 바탕을 두고 생각한다면, 핏줄이 이어졌으니까 머리카락 색은『검정』. 이 히나미 씨네 세 딸들이 살아가는 종이 너머의 세상에서는, 세 사람의 머리카락 색은 완전히 똑같을 것입니다.

하지만, 어떤가요. 여기에, 플라이 님이 만들어낸 화려한 패러독스가 있습니다.

그렇습니다. 세 사람이 살아가는 세상의『똑같은 검정』. 그것이 저희 세계에 구현됐을 때 —— 색채의 매직으로『같지만 다른 검정』으로 나타난 것입니다.

특필할 점은 그것만이 아닙니다. 여러분은 이 셋 중에서 누가 아오이인가, 라고 묻는다면, 어떻게 하시겠습니까? ……그렇습니다. 어째서인지, 대답할 수가 있습니다.

물론 본편에 아오이가 장녀라는 사실이 나와서 알려져 있으니까, 신장을 보고서 판별할 수도 있겠죠. 그렇다면, 만약 그걸 몰랐다면.

——그렇습니다, 그것도 어째서인지, 대답할 수 있습니다.

그 이유는, 이미 알고 계시겠죠. 저희들의 머릿속에서는 이미, 히나미 아오이의『핑크색이 감도는 검정』이라는 패러독스가, 패러독스 그대로 새겨져 있기 때문입니다.

즉 그것은 서로 섞이지 않는 세계와 세계를 색채로 이어주는 테크닉. 검정을 관장하는 기적이었습니다.

이 마음, 조금이라도 전해진다면 행복하겠습니다.

그리고—— 이번에는 웬일로 단편 하나하나에 대해, 딱 하나 각주를 달고 싶습니다.

사실 이 약캐 토모자키 군이라는 시리즈는 현재가『서기 몇 년』이라는 사실을 확실하게 밝히지 않은 채로 진행되는 이야기입니다.

그것은 간행되는 사이에 조금씩 달라지는 시대를 방영해서, 항상 지금 시대를 그대로 잘라놓은 것 같은, 일종의 픽션으로서의『지금』을 그리고 있기 때문입니다. 하지만 이번에 실린 단편『모두의 노래』에는, 부르는 노래나 언동 등을 통해서 대략적으로 연대를 판별할 수 있는 요소가 포함되어 있습니다. 그래서 이쪽은 일종의 if 스토리, 이 책이 나온 타이밍에서 고등학교 2학년인 토모자키와 친구들이 노래를 부른다면, 이라는 패러렐 월드 같은 이야기라고 받아들여 주시면 감사하겠습니다. 내년 이후에도, 그들은 이번과 같은 송년회에서, 다른 노래를 부르고 있겠죠.

그럼, 감사 인사입니다.

일러스트를 그려주신 플라이 님. 이와아사 님이 보내주시는 마카롱을 믿으시면 안 됩니다. 저는 거기에 무한하게 일러스트를 그리고 싶어지는 몸이 되게 만드는 독이 들어 있다고 생각합니다. 팬입니다.

담당 편집자 이와아사 님. 정말이지, 이번에도 마감까지 참여유가 있었네요(빙긋). 다음 권에서도 열심히 하겠습니다.

그리고 독자 여러분. 차례로 시작되는 새로운 전개 때문에 많이 놀라셨을 것 같습니다만, 앞으로도 계속 펼쳐나가고 싶으니까, 꼭 따라와 주세요. 항상 응원해주셔서 감사합니다.

마지막으로 다음 페이지부터는 이번 권의 특장판에 포함되는 드라마 CD의 스토리를 소설로 다시 표현한 보너스 트랙이 수록돼 있습니다. 이쪽도 꼭, 즐겨주세요.

그럼, 다음 권에서도 다시 뵙게 됐으면 좋겠습니다.

야쿠 유우키

약
톰
모
캐
자
키
군

The Low Tier Character
"TOMOZAKI-kun";

보너스 트랙
「용사 토모자키의
모험 VR 체험판」

어느 날.

나는 내 방에서, 상자에서 두 손으로 잡아야 하는 크기의 기계를 꺼내면서, 너무 감동한 탓에 몸을 부들부들 떨고 있었다.

"이게 최신 VR 헤드기어…… 생각보다 가볍네…… 대단하다…… 완전히 미래라는 느낌이야……."

손에 들고 있는 거대한 고글 같은 기계는 VR용 헤드기어다. 미즈사와가 무슨 베타테스터 모집 추첨 같은 데서 당선됐다면서, 오늘은 이걸 이용해서 항상 보던 사람들과 온라인 게임을 플레이하기로 약속했다. 그리고 무엇보다 나는, 이 초 최신 VR 게임을 플레이할 수 있다는 것 때문에 흥분해 있다.

"다들 17시에 접속한다고 했었지…… 뭐야, 벌써 2분이나 지났잖아! 큰일 났다! ……이, 이걸 머리에 쓰고, 스위치를 누르면 되는 건가?"

나는 방에서 혼자 중얼거리면서 헤드기어를 머리에 썼고, 그 옆에 있는 스위치를 한참 더듬어서 찾아낸 뒤에, 꾸욱 길게 눌렀다.

그랬더니 귀 근처에 있는 스피커에서 무지무지 미래 같은 느낌의 소리가 울렸다.

"으어어?!"

빛의 게이트를 통과하는 것 같은 연출이 나오고, 눈앞에 외국 집에 있는 리빙 룸 같은 가상공간이 펼쳐졌다. 머리를 움직여보니 마치 정말로 눈앞에 그 세계가 있는 것처럼 화면 속 시야가 똑같이 따라서 움직였고, 화질도 고글형 디스플레이라는 걸 믿을 수 없을 정도로 깔끔한 게, 뭔가 거의 오버 테크놀러지 같은 기분이 드네. 대체 어떻게 만든 거야 이거.

내 예상을 한참 웃도는 최신 기술에 놀라고 있는데, 갑자기 히나미 목소리가 들려왔다.

"……여보세요~."

"여, 여보세요……?"

쭈뼛쭈뼛 대답했더니, 이어서 미미미 목소리도 들려왔다.

"우와! 그 목소리, 브레인이구나?! 이제야 왔네!"

"아, 응, 미안. 미미미구나."

나는 차례로 들려오는 목소리에 놀라면서 대답했다. 눈앞에 펼쳐진 공간은 자기 방이라는 설정인 것 같고, 그래서인지 다른 캐릭터는 아무도 없었다. 흐음, 이건 한마디로 전화나 텔레파시라는 설정이 되는 건가.

"왜 이렇게 늦었어 후미야. 너 게임 잘한다면서?"

이어서 들려온 미즈사와의 목소리. 그 여유 있는 음색은 헤드기어라는 도구를 통해도 확실하게 전해지는 게, 진정한 강캐의 품격이 느껴진다.

"그, 그게, VR은 처음이니까…… 그리고 솔직히, 장치가 너무 엄청나서 감동하다가 시간이 지나버렸어."

나는 솔직하게 대답했다.

"정말이지, 토모자키 군은 그런 부분이 문제라니까."

히나미의 일부러 놀리는 것 같은 목소리가 들린다. 나는 이 어딘가 숨겨진 얼굴 느낌이 드는 히나미의 말이 마음에 안 들었지만, 화가 나는 걸 꾹 참으면서 "미, 미안" 하고 사과했다. 이 자식. 아무것도 못 하겠지만 나중에 두고 보자.

그때 새로 들려온 이즈미 목소리.

"아하하. 게임을 너무 해서 오히려, 라는 거네."

"아, 이즈미도 벌써 왔구나. 접속하는 데 오래 걸릴 줄 알았는데……."

"잠깐만 뭐야 그게! 하지만 안 됐습니다. 엄마한테 해달라고 했어요~."

"그게 자랑스럽게 할 소리야?"

헤드기어를 사용한 대화에 익숙해진 나는, 꼼꼼하게 딴죽을 걸어댔다.

그렇게 멤버들이 속속 모이는 중에, 히나미가 분위기를 이끌었다.

"여기는 히나미 아오이. 준비된 사람은?"

"오~우! 여기는 타케이! 준비 완료다!"

"뭐, 뭐야?! 여기는 이즈미 유즈! 잘 들려!"

"하하하. 그런 건 안 따라 해도 돼 유즈."

"그, 그런 거야. 히로?!"

"나도 준비됐어. 언제든지 시작해도 돼."

준비됐다는 목소리들이 속속 들려오는 속에서, 새롭게,

불안해하는 목소리가 내 귀에 들려왔다.

"저기…… 들려?"

"큐트한 타마 목소리, 잘 들리고 있습니다!"

"감상은 필요 없고!"

목소리의 주인인 타마는 평소처럼 날카롭게 딴죽을 걸었고, 미미미는 거기에 만족한 것처럼 웃었다.

"그나저나 대단하다 이 헤드기어 같은 거! 다른 집에 있으면서도 얘기를 할 수 있는 건가!"

"아니, 그건 전화로도 할 수 있는 것 같거든."

약간 엉뚱한 소리를 하는 타케이한테, 나도 착실하게 딴죽을 걸어줬다.

"타케이는 타케이네. ……자, 그럼 다들 준비된 거지?"

미즈사와의 목소리에 미미미와 내가 호응했다.

"물론이지! 나, VR이라는 건 처음이라서 정말 기대되거든~! 게다가 완전 최신형이잖아?!"

"무슨 개발 중인 게임 모니터링이지? 잘도 당첨됐네?"

"뭐, 난 능력 있는 남자니까."

"짜증나! 히로 재수 없어!"

이즈미가 웃으면서, 미즈사와한테 한마디 했다.

"그런데 말이야, 이거 게임 속에 들어가는 거지?! 진짜 기대된다~!"

"최신 기술을 사용했다고 하니까. 나도 좀 기대 돼."

"게다가 검과 마법의 RPG 세계잖아?! 진짜 두근두근

된다?!"

타케이와 히나미가 신나게 말을 주고받는 소리를 듣고, 타마가 웃었다.

"아하하. 타케이는 그런 거 좋아할 거 같아."

"진짜 좋아하거든?!"

그렇게 떠들썩한 분위기에 씁쓸하게 웃으면서도, 나는 생각하고 있던 의문을 입에 담았다.

"우와~ 그런데 진짜 미래라는 느낌이다. 이거, 혹시 뇌에도 간섭하는 건 아닐까?"

"그, 그런 말을 하니까 좀 무섭다……?"

이즈미가 그렇게 말했을 때, 새로운 사람이 접속했다는 소리가 울렸다.

스피커에서 들려온 것은 어딘가 아름다운 요정 같은, 예쁜 여자 목소리였다.

"여, 여보세요……!"

"오! 그 목소리는 귀엽고 또 귀여운 후카! 기다렸어~!"

미미미가 거창하게 환영 인사를 했다. 히나미도 "잘 부탁해"라고, 부드럽게 인사했다.

"아, 예! 잘 부탁드려요! 죄송해요, 늦어서……."

"아냐, 괜찮아! 접속할 때 어려운 거 있었어?"

히나미가 묻자, 키쿠치 양이 미안하다는 듯이 말했다.

"그러니까, 접속 자체는 했는데…… 대화에 끼어들 타이밍이 안 보여서……."

그랬더니 미즈사와와 히나미가 도와주려는 것처럼,

"하하하. 그건 어쩔 수 없지."

"응, 맞아, 어쩔 수 없어."

"나한테 한 말이랑 너무 다른 것 같은데?"

아까 조금 늦었다고 한 소리 들었던 내가 또다시 딴죽을 걸었다. 왠지 나, 이번에는 딴죽만 걸고 있는 것 같은데?

"그나저나 슈지 말이야~. 이렇게 후카도 참가했으니까, 같이 했으면 좋았을 텐데."

이즈미가 아쉽다는 것처럼 말하자, 미즈사와가 하하하 하고 웃었다.

"그 녀석, 집에 Wi-Fi가 없다니까 어쩔 수 없잖아. 이것도 일단은 온라인 게임이니까."

"Wi-Fi도 없다니, 말도 안 돼! 데이터 1기가는 순식간에 다 써버릴 텐데!"

"뭐, 슈지는 SNS 정도밖에 안 하니까……. 어디 보자, ……다 모였지?"

미즈사와가 확인하자, 히나미가 인원파악이라도 하려는 것처럼.

"그러니까. 나랑 유즈랑 타마랑 후카랑 미미미, 는 있지? 그리고 타마히로랑 타케이, 토모자키 군. ……응, 다 왔어."

"오케이~. 그럼 슬슬 시작해볼까."

미즈사와가 진행자처럼 말했다.

"그래!" 이즈미가 대답했다.

"좋았어!"

"자, 잘 부탁드려요!"

그리고 내 눈앞에 선택지가 나타났다. 거기에는 『게임 스타트』 『옵션』 등의 메뉴가 표시돼 있었다.

"좋았어…… 그러니까, 게임 스타트를 누르면…… 어, 우와아아아?!"

선택한 순간── 빛의 소용돌이가 내 시야를 가득 메웠다.

* * *

"으, 음…… 아야야……. 여긴…….."

정신을 차려보니 나는 드넓은 초원이 펼쳐진 평야에 서 있었다. 바람이 불자 풀이 살랑살랑 흔들리고 있었다. 이게 정말 게임인가 싶을 정도로 정밀도가 높은 그래픽, 그리고 몸을 움직이려고 했더니 거의 무의식적으로 게임 속에 있는 내 캐릭터도 연동해서 움직였다. 이거 대체 무슨 원리야.

"아무것도 없는 초원…… 인가."

그리고 그때. 뒤쪽에서 워프 효과음 같은 기묘한 소리가 울렸고, 이어서 털썩, 하고 뭔가가 낙하하는 소리가 들려왔다. 나는 깜짝 놀라서 그쪽을 봤다.

"응?"

그랬더니 거기에는, 엉덩방아를 찧은 미미미가 있었다. 미미미는 엉덩이를 문지르면서 일어났다.

"아야야~! 여, 여긴……? 어라, 브레인?!"

"어, 미미미…… 어라, 뭐야 그 옷은?"

"뭐?"

자세히 보니, 미미미는 숏 팬츠에 튜브 톱 모양의 상의를 입고, 목에는 보라색 망토를 두르고 있었다. 팔에는 팔꿈치까지 올라오는 긴 장갑을 꼈고, 허리에 찬 벨트에는 작은 가죽 주머니가 달려 있다. 다리라든지 배 같은 데가 완전히 드러나 있는데, 뭐라고 할까, 아주 건강해 보인다. 응, 그래. 나는 눈을 돌리면서 말했다.

"왠지 엄청나게, 여자 도적 같은 느낌의 복장인데."

미미미는 자기 모습을 확인했고, 그리고는 깜짝 놀랐다.

"어…… 저, 정말이네?! 다리를 다 드러냈잖아?!"

"머리에도 반다나 같은 걸 쓰고 있는 게…… 이거, RPG라고 했었지?"

"그랬지."

"그렇다면 역시, 직업으로 말하자면 시프라고 해야겠지."

"……시프?"

"그러니까, 소위 말하는 도적, 같은 느낌이야."

말하면서 갑자기 뭔가가 생각이 났고, 나는 내 차림새를 확인했다. 내 시야에는 갑옷과 한 손 검, 방패 등, 소위 말하는 RPG의 왕도라고 할 수 있는 장비들이 보였다.

"난…… 갑옷 같은 걸 입고 있으니까, 전사?"

"아니, 그보다, 왠지 용사라는 느낌처럼 보이는데."

"저, 정말? 주인공 포지션을 뽑은 건가?"

"아하하. 역시 브레인은 운이 좋네!"

미미미가 짜악, 내 어깨를 때렸다.

"아니, 좋은 건지 나쁜 건지 모르겠는데……."

"근데 정말 대단하다, 이 게임! 겉모습이 이렇게 제대로 바뀌는구나! 그나저나 너무 리얼한 거 아냐?!"

그리고 둘이서 주위를 둘러봤는데, 거기에는 온통 초록색 초원이 펼쳐져 있었다.

"……그런데 여기, 대체 어디지? 초원?"

"아~ 뭐, 시작의 초원, 이라든지 그런 곳이겠지. 우리 말고는…… 아무도 없는 것 같은데?"

"그러게. 그렇다면 여기서 시작하는 건, 우리 둘뿐이라는 건가?"

"그런 것 같은데. ……잠깐, 응?"

그때, 부스럭하고 풀 움직이는 소리가 났다. 고개를 돌려봤더니 어디서 나타난 걸까, 파랗고 점성이 있는 몬스터가 우리 눈앞에서 폴짝폴짝 뛰고 있었다. 우리 쪽을 보며, 적개심이 느껴지는 소리로 울고 있다.

"삐기~! 삐기~!"

"으아아?! 뭔가 몬스터 나왔다! 탱글탱글한 게 기분 나빠!"

"왠지, 목소리가 타케이랑 비슷한 것 같은데……?"

듣고 보니 그 목소리는 이펙트가 걸려 있기는 했지만 왠지 타케이 목소리랑 비슷했고, 정도가 아니라 거의 타케이 목소리 그 자체였다.

"저기, 뭐야 이 자식!"

"처음에 나오는 파랗고 탱글탱글한 괴물……이라면 뭐, 슬라임이네."

"브레인은 냉정하다?!"

"응. 뭐 이런 건 거의 기본 패턴이니까. 이번에는 튜토리얼 전투라는 뜻이겠지. 지는 일은 없을 테니까, 부담 없이 해보자."

"그런 소리 하면 김새는 거 아냐?!"

"무슨 소리야. 그런 현실적인 요소까지 생각하면서 즐기는 게 요즘 시대 게이머야."

"잘은 모르겠지만 그런 건가?!"

나는 게임에 대해서는 잘 아니까, 물 만난 고기처럼 술술 설명해줬다. 미미미는 내가 해주는 말을 절반 정도밖에 못 알아들은 것 같았지만, 몸을 낮춰서 자세를 잡은 게, 일단 눈앞에 있는 몬스터와 싸울 준비를 하고 있는 것 같다. 전투에 재능이 있네.

"삐기익!"

"오, 온다!"

"좋았어, 한판 해볼까."

그리고 첫 번째 전투가 시작됐다. 내 머릿속에 신나는 전투 BGM이 들린다.

"저기…… 그런데 이거, 어떻게 싸우면 되는 거지? 커맨

드…… 같은 것도 안 보이는데."

"일단은 튜토리얼인데, 설명해주는 사람이 없네?"

그런데 그때. 내 어깻죽지 언저리에서, 아름답고 상냥한 목소리가 들려왔다.

"……토모자키 군! 나나미 양!"

자기 이름을 부르자, 미미미가 "응?" 하고 고개를 갸웃거렸다.

"어디서 목소리가 들리네?"

"여기예요!"

"여기!"

그 너무나 거룩한 목소리의 주인을 찾기 위해서, 나도 주위를 이리저리 둘러봤다.

"토모자키 군 어깨에!"

"어깨…… 어, 으아악?!"

나와 미미미는 동시에 그것을 발견했고, 큰 소리를 냈다.

거기에는 하얀 옷을 입고 날개가 달린, 작은 키쿠치 양이 날아다니고 있었다.

"키쿠치 양…… 처럼 생긴, 요정?!"

"저기…… 안녕하세요."

인사하는 요정에게, 나와 미미미도 인사했다.

"아, 안녕하세요."

"안녕!"

"저기…… 제 이름은 후카. 여러분의 모험을 서포트하는 요정……인 것 같아요."

키쿠치 양은 조심스레 말하면서, 우리 주위를 둥실둥실 날아다녔다. 나는 그 모습을 보기만 해도 감사하는 마음이 마구 샘솟았다.

"그, 그런 패턴도 있는 건가……."

"그나저나 뭐야 이거, 진짜 예쁘다! 타마보다 작잖아! 귀여워!!"

"자, 저기, 귀엽다니……."

"손바닥에 올라가는 크기잖아! 장난 아니다! 정말 잘 어울려! 브레인, 난 오늘부터 후카 팬 할래!"

"그, 그래, 그러든지."

"저, 저기……? 고맙……습니다?"

흥분한 미미미 때문에 곤혹스러워하는 두 사람. 옆에서 타케이 목소리가 들려온다.

"삐기~!! 삐삐기~!!"

"타케이……가 아니라 슬라임이 화났는데!"

"아마 자기만 따돌려서 쓸쓸한 거예요!"

키쿠치 양이 연민을 담아서 말하자, 슬라임이 동의한다는 것처럼 폴짝폴짝 뛰었다.

"나도 동료로 받아들여 줬으면 싶거든?! 삐기~!"

"그냥 평범하게 말했잖아!"

"타케이는 몬스터 역할을 맡았구나……." 미미미가 곤혹스러워했다.

그런 불쌍한 타케이를 보면서, 나는 이 게임에 대해 이것 저것 생각해봤다.

"그렇구나, 꼭 모험하는 인간 캐릭터가 되는 건 아닌가 보네."

"저도 갑자기 요정이 됐으니까, 타케이 군도 그런 경우 겠죠."

"그나저나 슬라임은 너무 불쌍하다."

내가 씁쓸하게 웃으면서 말했다.

"어, 어떻게 할까? 몬스터가 되기는 했지만, 타케이잖아?"

미미미가 당황해서 말하자, 키쿠치 양은 아주 깔끔한 말 투로,

"그렇군요…… 그냥 단숨에 해치워버리죠!"

"의외로 무투파네?! 동료가 될 수 있을지도 모르잖아!"

미미미가 깜짝 놀라서 큰 소리로 말했다. 참고로 나도 놀 랐다.

"그런데…… 안 그래도 제일 약한 몬스터인 슬라임인데, 타케이니까 말이야."

"그 소리, 그냥 넘어갈 수 없거든?!"

"그냥 대놓고 말하기로 했나 보네?!"

미미미가 노도와도 같은 전개 때문에 곤혹스러워하고 있 다. 뭐든지 잘 받아들일 것 같은 미미미도, 이런 게임에 대 한 내성은 없는 것 같다.

"받아라~!!"

그리고 타케이 목소리로 말하는 슬라임이, 온몸을 이용해서 나한테 몸통 박치기를 날렸다. 타케이 이 자식, 용서 못 해.

"크억!"

"브레인!!"

"괘, 괜찮으신가요?!"

나는 뒷걸음질 치면서 타케이한테 맞은 부분을 문질렀다. 그런데…… 뭐지, 이 감각은.

"으, 응. 아프진 않아…… 그런데 뭐지, 머리가 무거운 것 같은 기분이 든다고 할까……."

"머리가 무거운 느낌?"

"그러니까…… 아마도 그게, 에이치피? 가 줄어들었다는, 그거예요!"

"한마디로 HP가 줄어드는 건 이런 감각으로 표현한다는 거지."

"에이치피……."

"잘 만든 게임이네!"

"삐기————!!"

우리가 고찰하고 있는데, 타케이가 갑자기 몸을 팽창시키고 큰 소리를 질렀다. 시끄러.

"으아~! 타케이가 또 자기만 따돌렸다고 화났다!"

"삐기삐기삐기삐기!"

그리고 엄청 빠르게 통통 튀면서, 연속으로 이쪽을 공격했다. 진짜 정신 사납네.

"뭔가 네 번 정도 연속 공격을 했는데?!"

"폭렬권?!"

"타케이 슬라임 생각보다 센 거 아냐?!"

"말도 안 돼, 꽤 레벨이 높은 슬라임인가……?"

나와 미미미는 몇 걸음 뒤로 물러났고, 타케이 슬라임은 통통 튀면서 우리를 쫓아왔다.

"……폭렬권이 아니라, 그냥 빠른 공격 네 번이거든?!"

"별거 아니었잖아……."

나는 어깨가 축 늘어졌다. 하지만 키쿠치 양은 방심하지 않고, 경계하고 있었다.

"하지만 귀찮은 건 사실이에요. 두 사람 모두, 이대로 가면 질 거예요!"

"큭, 게이머로서, 슬라임한테만은 지고 싶지 않아……."

"인류로서, 타케이한테만은 지고 싶지 않아……."

슬라임은 미미미의 말에 반응해서, 몸이 끓어오르는 것처럼 부글부글 거품을 일으켰다.

"삐기————!!"

"나나미 양, 더 이상 타케이 군을 자극하지 않는 게 좋아요!"

그리고 찌잉찌잉, 하는 효과음과 함께, 빛이 슬라임의 몸으로 모여들었다. 뭐야 이건.

"으아아?! 뭔가 위험한 게 모이기 시작했어!"

"슬라임이 사용하는 강대한 주문…… 상식적으로 생각해

보면 이건, 최강 주문이야!"

"최강 주문?! 튜토리얼 전투에서?!"

"위험해요! 모으는 동안에, 쓰러트려야 해요!"

키쿠치 양이 당황했지만, 미미미는 어떻게 해야 좋을지 몰라서 눈만 이리저리 빙빙 돌아가고 있다.

"그치만, 어떻게?!"

"나나미 양은 허리에 찬 단검으로! 토모자키 군은 등에 멘 검으로!"

그 말을 듣고, 나는 등에 메고 있던 칼을 뽑았다.

"이건가! 아, 알았어!"

"지금은 저항하지 못할 거예요!"

"삐기?! 삐기…… 삐기이…….”

안 좋은 예감이 들었는지, 슬라임의 목소리 톤이 달라졌다.

"뭐, 뭔가 힘없는 소리를 내기 시작했는데…….”

"삐기…… 삐기…… 무섭다…….”

그런 타케이를 본 미미미의 얼굴에 조금씩, 연민하는 기색이 감돌기 시작했다.

"저, 저기, 왠지 엄청나게 죄악감이…….”

"그, 그러게요."

하지만, 게임에 익숙한 나는 비교적 냉정했다.

"하지만…… 아까 우리를 마구마구 공격한 건 타케이였잖아."

"그, 그건 그런데…….”

"……미안! 이것도 다 세상의 평화를 위한 일이야! 내가 할게! 에잇!"

그리고 나는 손에 쥔 검으로, 슬라임을 싹둑 베어버렸다.

"삐, 삐기……."

그 소리와 함께 슬라임이 소멸됐다. 미안, 타케이.

"타케이가 사라졌다……."

미미미가 미안하다는 것처럼, 작은 소리로 중얼거렸다.

"이, 이제 괜찮을 거예요…… 아마도."

"뭐지 이 찜찜한 전투 종료는……."

나는 눈살을 찌푸리면서 말했다. 왜 타케이 따위한테 이런 감정을 품어야 하는 건데…….

그런데, 그때.

"히악!"

"으어억?!"

미미미와 내가 동시에 소리를 질렀다.

"왜, 왜 그러세요?"

"지, 지금 뭔가……." 그렇게 말하면서, 쭈뼛쭈뼛 내 몸을 봤다.

"몸이 간질간질한 기분이라고 할까……."

"아, 그러니까 그건…… 잠깐만 기다려주세요. 에잇!"

키쿠치 양이 두 손을 앞으로 내밀고 뭔가를 열심히 빌었더니, 요정의 몸 크기에 맞는 책이 나타났다.

"뭐가 나왔네?!"

"뭐야 그 작은 책은?"

"룰 북……이라는 걸까요. 이런저런 자세한 설정이 적혀 있는 것 같아요."

말하면서, 키쿠치 양은 그 허공에 떠 있는 책을 두 손으로 붙잡고 열심히 책장을 넘겼다. 아름답다.

"……아, 알았어요. 레벨업이에요!"

키쿠치양의 말을 듣고, 나는 게임적인 여러 요소에 대해 생각했다.

"지금 그 간질간질한 느낌이?"

"예. 그리고, 어떻게 대충 빌면 메뉴 화면이 나오고…… 거기서 확인할 수 있다는 것 같아요."

"어떻게 대충 빌라고……? 이렇게? 하~앗!"

그랬더니, 미미미의 손 앞쪽에 파란색 판 모양의 뭔가가 나타났다.

"와! 뭔가 태블릿 같은 게 나왔다!"

셋이서 그것을 들여다봤다. 거기에는 아이템, 스테이터스, 세이브, 옵션 등의 글자가 표시돼 있다. 그렇다면, 이건.

"……RPG에서 말하는 메뉴 화면이라는 건가. 스테이터스나 아이템 같은 것까지 이것저것 볼 수 있는 것 같네."

"지도 같은 것도 볼 수 있어!"

"그러네요. 그러니까, 룰 북에 의하면…… 아무래도, 다른 플레이어들도 이 세계 어딘가에서 어떤 역할을 맡고서 행동하고 있다는 것 같아요. 두 사람은 용사와 시프, 저는 설명 담당 요정이고, 타케이 군은 기타 등등인 것 같네요."

"기타 등등……."

나는 연민감을 담아서 그 말을 따라 했다. 하지만 그런 게 딱 어울린다는 점이 그야말로 타케이답네.

"그럼 일단, 다른 애들이랑 합류하러 가볼까!"

"아, 하긴. 첫 목적은 그런 게 좋겠네. 그렇다면 이 지도에 있는, 근처에 있는 항구 마을 쪽으로 가볼까."

"그러죠, 그렇게 해요!"

"좋았어~! 가자~!"

"가자!"

의견을 정리한 우리 세 사람은 그렇게 외쳤다. 그리고 미미미가 지도를 보면서, 앞장서서 걸어가기 시작했다.

"자 그럼 모두들, 나를 따르라~!"

"……저기 미미미, 거기 반대 방향이거든."

"어라?"

하지만, 미미미는 게임 속에서도 여전히 방향치였다.

* * *

그리고 우리는 지도를 보면서 앞으로 나아갔고, 목적지에 도착했다.

"도착하기는 했는데…… 꽤나 조용하네."

"정말 깔끔한 곳이네요."

다 같이 주위를 둘러봤다. 같은 모양의 건물들이 줄지어 있는 차분한 마을. 나는 게임의 정석을 생각하면서 그 마을을 관찰했다. 일단 특별한 문제는 없는 것 같다.

"그러게. 너무 수수하기는 하지만, 바닥에 떨어진 쓰레기도 하나 없어."

"그렇다면, 치안이 좋은 곳이려나? 타마~! 여기 있어~?!"

"조용한 시내에 소리가 엄청나게 울리네……."

그러고 있는데, 골목 쪽에서 남자 한 사람이 걸어왔다.

"아, 누가 나왔다."

"안녕하세요~!"

그랬더니 그 남자는 술술, 유창한 톤으로.

"여어! 어서 오게, 슈베르크에!"

그 목소리와 풍모는 우리가 잘 알고 있는 남자와 많이 닮아 있었다. ……닮은 정도가 아니라.

"어라? 미즈사와?"

내가 물었더니 남자가 고개를 갸웃거렸다. 솔직히 완전히 똑같이 생겼잖아.

"미즈사와? 뭔가 그 동양풍의 이름은. 나는 이 슈베르크의 장(長)을 맡고 있는 벨이다!"

"생긴 것도 완전히 타카히로네."

"미즈사와 군이네요."

"이런, 이런. 그렇게 닮은 사람이 있는 건가. 미미미, 대충하고 좀 봐줘."

"내 이름 알고 있잖아!"

"아주 신이 났네 미즈사와."

"자, 자, 됐으니까 내 이야기를 들어보게."

"그, 그래."

미즈사와가 아니라고 우기는 벨이 진정하라고 했고, 나는 어쩔 수 없이 고개를 끄덕였다. 미미미도 바로 태세를 바꾼 것처럼 벨에게 물었다.

"저기, 그럼…… 할 얘기가 뭔데?"

"자, 그럼 다시. 어서 오게 슈베르크에! 우리는 모험자를 환영한다네! 편하게 지내다 가게나!"

"꼭 무슨 대본 읽는 것 같지만…… 환영한대!"

미미미는 그 말을 듣고 기뻐했다.

"묵을 곳도 없었는데, 마침 잘 됐네."

"그러게요. 전투 때문에 지친 몸을 쉴 수 있어요."

"그렇지?"

"좋았어~! 부탁할게!"

우리는 벨의 말을 받아들이고 신세를 지기로 했다.

"그럼, 이쪽으로 오게나. 후미야와 키쿠치 양도 발밑을 조심하고."

"역시 완전히 미즈사와네."

"완전히 미즈사와 군이네요."

　　　＊＊＊

"그럼, 여기를 마음대로 쓰게나."

미즈사와가 아니라고 우기는 벨을 따라갔더니, 여관의 큰 방에 도착했다. 난 깜짝 놀라서 방을 빙 둘러봤다.

"엄청나게 넓고 침대가 여섯 개나…… 저기, 미즈사와……."

"벨 씨, 라고 불러."

"그러니까, 그럼 벨 씨. 우리는 셋……이랄까 두 사람에 한 마리? 니까, 이런 방은 너무 부담돼요. 돈도 없고……."

"하하, 그건 신경 쓰지 말게나. 그게 우리 슈베르크의 방식이니까. 걱정하지 말고 푹 쉬게나."

"하, 하지만 너무 죄송하다고 할까……."

내가 말하고 있는데, 바로 옆에서 뭔가 엄청나게 즐거워하는 목소리가 들려왔다.

"브레인————!! 이 침대 진짜 푹신푹신해~! 와~!!"

"토모자키 군, 제 크기의 침대도 있어요! 정말, 따뜻하네요……!"

나는 미안하다고 이야기하는데, 저 두 사람은 침대가 마음에 들었다는 소리나 하고 있다. 이봐요.

"……아무것도 아니에요. 정말 고맙습니다."

"하하하! 괜찮다네."

그렇게 이야기를 마무리했을 때. 문 두드리는 소리가 들렸다.

"어이쿠, 식사가 왔나 보군."

벨의 말을 듣고, 깜짝 놀랐다.

"어, 밥까지?!"

키쿠치 양과 미미미도 침대에서 뛰쳐나와서는 벨에게 인사를 했다.

"고, 고맙습니다!"

"역시 타카히로야!"

"타카히로가 아니라 벨이라고. 그럼 편히 쉬시게나."

그렇게 말하고, 벨은 식사를 가지고 온 사람과 엇갈려서 밖으로 나갔다. 처음부터 끝까지 완전히 미즈사와였지만.

"미즈사와, 왠지 엄청나게 신이 났네."

"즐거워 보였어요."

"우와아~! 밥, 진짜 호화판이다! 스테이크에 샐러드, 수프까지!"

"정말이네! 이걸 먹으면…… 어떻게 되지? VR이니까 맛도 느껴지려나?"

"글쎄요…… 아! 제 크기로 된 음식도 있어요!"

"정말 꼼꼼하게 만든 게임이네…… 빨리 먹어보자!"

"그러자! 먹자! 그럼, 잘 먹겠습니다~."

""잘 먹겠습니다~.""

그리고 우리는 차려준 밥을 우걱우걱 먹었다.

"이거…… 맛있, 기도 한데…….."

"뭔가…… 느낌이, 좋네요."

"응. 간질간질하다고 할까 기분이 좋다고 할까…… 아까 레벨업 때랑 비슷한 것 같아."

"아, 그거다."

"그런가요?"

나는 고개를 끄덕였다.

"응. 아마 그것과 똑같은 감각…… 그 얘기는 레벨업이나 회복 같은, 그런 플러스 효과는 전부 이런 감각으로 통일된 건지도 몰라."

"그렇구나! 역시 VR 게임이라는 느낌이네!"

"음식을 먹으면 간질간질한다니…… 신기하네요."

대체 어떤 시스템인지 짐작도 할 수 없지만, 난 가슴이 두근거렸다.

"그러게. 정말 대단한 게임이야…… 앞으로 또 뭐가 있을까."

"아하하. 게이머의 피가 끓어?"

"그럴지도. 빨리 이것저것 시험해보고 싶어서 몸이 근질거려."

"그럼 말이죠, 밥 먹은 다음에는 내일에 대비해서 일찍 잘까요."

"그렇게 해서 회복하자는 얘기지? 알았어~!"

그리고, 잘 준비를 하면서 생각했다.

"그런데 수면이라고 하니까 생각났는데……. 시간 흐름 같은 건 어떻게 되는 걸까?"

"아, 그러니까……. 룰 북을 보면, 파티 멤버가 전부 이불에 들어가서 몇 초 동안 눈을 감고 있으면, 아침까지 잔 것으로 인정되어 전부 회복된다는 것 같아요."

"아하하, 그야말로 RPG라는 느낌이네."

"뭐～! 난 이 푹신푹신한 침대에서 제대로 자고 싶은데!"

"무슨 소리야! 기껏 모험하고 있는데, 아깝잖아!"

"후후. 토모자키 군, 즐거워 보이네요."

그렇게 해서 우리 세 사람은, 푹신푹신한 침대에 누워서 잠이 들었다.

　　　＊ ＊ ＊

그리고 아침.

"굿 모닝～!"

"뭐야, 힘이 넘치네. 제대로 자고 싶다고 했잖아?"

"뭐랄까, 회복이 되니까 온몸이 개운하다고나 할까?"

"아, 저도 뭔지 알겠어요. 잠깐 눈을 감았을 뿐인데 뭔가 서늘하다고 할까, 몸이 개운해진 기분이 들어요."

"뭐, 그건 나도 알겠네…… 이런 감각이 들면 완전회복, 이라는 건가?"

"그럴지도! 자～ 그럼! 모험을 재개하자～!"

"후후. 나나미 양도 힘이 넘치네요."

우리는 체력도 회복했고, 목표는 다음 목적지 ── 인데.

"그런데…… 다른 사람들이 어디 있는지도 모르고, 이 모험의 목적도 확실하게 정해지지 않았는데 말이야."

멍하니, 생각에 잠겼다.

"일단 룰 북을 보면…… 마왕에게 지배당할 것 같은 세상을 되찾는 게 목적이라고 적혀 있어요."

"그런 부분은 소위 말하는 패턴 중의 패턴이라는 느낌이네……."

"체험판이니까, 이것저것 많이 생략된 것 같아요……."

"아무튼 그 마왕을 쓰러트리면 된다는 거지! 좋았어~! 이 나나미 미나미한테 맡겨만 두라고! 쳐들어가자~!"

기세 좋게 방에서 뛰쳐나가려는 미미미를, 내가 붙잡았다.

"잠깐만 기다려봐. 체험판이기는 하지만, 아무리 생각해도 레벨이 너무 낮고 파티 멤버도 너무 빈약해."

"어라? 그런가?"

"최소한 공격마법과 회복 마법을 쓸 수 있는 멤버가 있었으면 싶은데……."

"브레인은 그런 거 못 써? 무슨 스테이터스? 라는 걸 보니까 MP도 있는 것 같은데. 이거 마법에 쓰는 포인트잖아?"

"난 용사……니까 일단 쓸 수는 있겠지만, 레벨이 낮으니까……. 역시 전문적으로 쓰는 사람도 있는 게 좋겠지."

"그럼 역시, 다른 사람들을 찾는 것부터, 해야 될까요?"

"그렇겠지. 일단 여기서 나가자."

"알았어!"

＊　＊　＊

우리가 숙소에서 나오자, 미즈사와가 아니라고 우기는 벨이 배웅하러 나왔다.

"좋은 아침이군. 그럼 여러분, 무운을 빌겠네."

그 말만 하고, 벨은 다시 건물 안으로 들어갔다. 우리는 돈을 한 푼도 내지 않았다.

"……정말로, 전부 공짜로 해줬네."

미미미가 미안하다는 것처럼 말했다.

"그러게요…….."

"모험자를 환영한다고 말하기는 했지만, 왜 그렇게까지 해주는 걸까?"

나도 생각해봤지만, 딱히 답은 나오지 않는다. 흐음.

"타카히로니까 뭔~가 다른 꿍꿍이가 있을 것 같은데 말이야. 꼼꼼하게 우리 무기와 방어구, 회복 아이템까지 준비해줬고, 다음 마을이 어디 있는지도 알려줬고."

"아마 미즈사와가 독단적으로 하는 행동이 아닐 테니까…… 그냥, 체험판이고 첫 번째 마을이니까, 튜토리얼 형식으로 난이도를 낮춰준 것뿐이려나?"

"그런가, 게임적인 편의, 라는 건가?"

"응. 하지만 이렇게까지 꼼꼼하게 만들었다면, 그런 게임적인 편의하고 또 별개로, 모험자에게 잘 대해주는 이유에 대한 설정도 만들어뒀을 것 같은데 말이야."

나는 지금까지 해본 게임 경험을 총동원해서, 그럴듯한 답을 찾아봤다.

  "음~ 하지만 왠지 시내는 조용했고, 살고 있는 사람들도 전부 싱글싱글 웃는 얼굴이었고…… 문제가 있는 것 같지는 않았는데 말이야."

  "그러게 말이야……."

  "그렇다면…… 대체 어떻게 된 걸까요."

  "……생각할 수 있는 이유라면."

  거기서, 한 가지 생각이 떠올랐다. 미미미가 "응?" 소리를 내면서 내 쪽을 봤다.

  "숙소를 빌려주고 장비와 아이템까지 준 덕분에, 무기점이나 아이템 상점에 들를 필요가 없어졌어. 다음 마을 위치까지 알려줬으니까, 주민들한테 정보를 수집할 필요도 없어졌고. ……한마디로, 이건 말이야."

  "아, 그렇구나."

  거기서, 키쿠치 양도 나름대로 답에 도달한 것 같았다.

  "어, 뭐야, 무슨 얘긴데?!"

  "반대로 생각해보면…… 미즈사와, 가 아니라 벨은, 자기 말고 다른 주민들과 최대한 접촉하지 않게 하려고 했던 건지도 몰라."

  "……뭐어~?"

  깜짝 놀라는 미미미에게, 키쿠치 양이 추가 설명을 해줬다.

  "즉…… 이 마을에 숨어 있는 무언가를, 건드리지 않게 하려고…… 라는 뜻이겠죠."

내가 고개를 끄덕이자, 미미미는 납득했다는 것처럼.

"아, 그렇구나. 아이템도 정보도 다 줬으니까 굳이 다른 사람이랑 말할 필요도 없고, 바로 다음 마을로 갈 수 있겠지."

"그렇다면…… 이 마을을 조사하면, 뭔가 알아낼 수 있을지도 몰라."

내가 그렇게 말하자, 미미미의 얼굴이 확 밝아졌다.

"한마디로, 다른 플레이어의 정보라든지?"

"그럴 가능성도 있겠지."

그러자 키쿠치 양도 의욕이 생겼다는 것처럼 웃었다.

"그럼…… 다음 마을로 가지 말고, 여기를 조사해볼까요."

"그래. 그렇게 하자."

그리고 우리는 시내를 돌아다니기 시작했다.

　　　＊　＊　＊

한참동안 탐색하던 중에, 지나가던 사람이 눈에 들어왔다.

"저기요~ 죄송한데요~."

"여어. 무슨 일인가?"

내가 말을 걸자, 그 주민이 자연스러운 말투로 대답했다.

"……이 사람도 타케이려나."

내가 조용히 중얼거렸더니 그 사람은 고개를 갸웃거렸다.

"타케이? 무슨 소린가?"

"목소리는 다른 것 같은데 말이죠."

"보통 NPC도 있는 건가?"

"엔피…… 뭐라고?"

나랑 키쿠치 양이 이야기하고 있으니까, 그 주민이 엄청나게 짜증 난다는 표정을 짓더니, 우리 대화에 끼어들었다.

"타케이하고 똑같이 취급하지 말아줬으면 싶은데."

"아, 이건 아마 미즈사와다."

나는 바로 느낌이 왔다. 미미미도 거기에 동의했다.

"또 신이 나서 연기하고 있네."

"미즈사와라는 건, 이 자식 왠지 적일 것 같은데."

"미즈사와 군, 취급이……."

그런 대화를 무시하고, 그 사람이 우리 셋한테 말했다.

"자네들은 모험자인가?"

"그러니까, 맞아요. 타카히로……가 아니라 오빠, 이 동네에 모험자들이 자주 오나요?"

미미미가 그렇게 말하자, 주민은 술술, 대사를 늘어놓는 것처럼.

"그렇군. 일주일에 한 번 정도는 오는 것 같아. 하지만 그것도, 전부 벨 님이 대응해주시니까, 바로 다음 마을로 가버린다네."

"역시 그랬군요." 나는 납득했다.

"그래. 그래서 진행표가 틀어지는 일이 없지."

그 낯선 대사를 듣고, 키쿠치 양이 반응했다.

"진행표?"

"어라? 혹시 모르는 건가? 아, 그래서 헤매고 있었군. 납득했다, 응."

의미를 파악하기 힘든 말. 나도 고민하는 것처럼 눈살을 찌푸렸다.

"무, 무슨 뜻이죠?"

"관심 있나? 행복의 본질에."

주민이 의미심장한 표정으로 말하자, 미미미도 "저, 저기요?"라고 말하며 당혹스러워했다.

"어이쿠, 실례. 벌써 해질 때가 다 됐군. 오늘의 나는 해가 지는 것과 동시에 어떤 아가씨한테 장난친 게 들키는 걸로 돼 있으니까, 이만 실례하겠네."

"예? 아, 예. 그렇군요." 미미미가 대답했다.

"그럼, 벨 님과 약속된 행복에, 경의를."

주민이 그렇게 말을 마친, 그때.

"——얘들아!!"

어린 여자애 목소리가 들려왔다. 우리가 고개를 돌려보니, 거기에 타마가 있었다.

"어? ……타마?!"

"오오! 타마!"

"나츠바야시 양. 여기에 계셨군요!"

우리 세 사람이 기뻐하고 있는 앞에서, 주민의 얼굴이 험악한 표정으로 변해갔다.

"어라? 하나비 양, 진행표와 다르군요. 역시 우리를 배신할 생각입니까."

"아…… 아니…….."

주민이 불온한 말을 하자, 타마가 겁먹은 것처럼 뒷걸음질 쳤다.

"그렇군요오. 한마디로 여기 계신 분들은, 반역자의 동료였다는 겁니까."

"무, 무슨 소리야?"

미미미는 주민과 타마 사이에서 눈을 이리저리 굴리면서 상황을 지켜봤다.

"배신자에게는, 죽음을."

"주, 죽음을?"

"뭔가 불온한 분위기가 됐는데?!"

나와 미미미가 서로 얼굴을 마주 봤다.

"이렇게 된 이상…… 하앗!! 흙먼지!"

타마가 그렇게 말하는 동시에 손에서 에너지 같은 것을 뿜었고, 땅바닥에 부딪치게 했다. 그랬더니 흙먼지가 날아올라서, 순식간에 시야가 완전히 가려졌다.

"으아?! 흙먼지가 엄청나잖아?!"

"얘들아, 이 틈에 이리로!"

타마가 불렀고, 우리 세 사람을 흙먼지가 날리는 사이에 골목길로 뛰어 들어갔다.

* * *

　도망쳐서 들어온 뒷골목에서, 우리는 새삼 재회를 기뻐했다.

　"만나서 다행이다! 미미미랑 토모자키…… 후카, 왜 이렇게 작아?"

　"저는…… 이번에는 요정 역할인 것 같아요."

　"좋네! 잘 어울려!"

　타마가 솔직하게 말했더니, 키쿠치 양은 얼굴이 발그레해지면서 쑥스러워했다. 역시 있는 그대로 말을 던지는 여자애. 타마는 싱글싱글 웃고 있다.

　"다행이네~ 타마보다 작은 애가 생겨서!"

　"시끄러, 쓸데없는 소리 하지 마!"

　미미미가 놀리자, 타마가 바로 받아쳤다. 이런 부분은 평소와 똑같은 분위기다.

　"그나저나 타마 너, 그 옷은 뭐야! 녹색 도복? 에다가 빨간 스카프라니, 그 갭이 너무 좋아!!"

　"그러니까, 나는 마을 외곽에 있는 카라테 도장에 사는, 무투가의 딸이라는 설정이야!"

　"……듣고 보니, 소위 말하는 무투가 같은 느낌의 옷이긴 하네."

　나는 RPG 지식을 통해서 그것을 떠올렸다. 녹색의 차이나드레스 같은 옷에 오렌지색 스카프. 머리카락은 짧고, 트

윈 테일 느낌으로 묶었다.

"타마가 카라테…… 몸도 마음도 강하다…… 하지만 작다…… 귀엽다. 브레인, 난 오늘부터 타마 팬 할래요!"

"뭐야, 계속 팬이었잖아."

내가 폭주하는 미미미한테 한 마디 했더니 미미미는 에헷, 하면서 혀를 살짝 내밀었다.

"……잠깐, 그런 것보다!"

타마가 분위기를 바로잡고서 진지하게 말했다.

"맞아요. 아까 그건 뭐죠?"

"음. ……이 동네가 말이야, 좀 이상하거든──."

키쿠치 양이 묻자, 타마가 천천히 이야기를 시작했다.

＊ ＊ ＊

"그렇구나…… 그 주민이 했던 말은 그런 뜻이었네……."

타마의 말을 듣고, 납득했다.

"그러니까, 한마디로 이 마을은…… 살고 있는 사람들의 행동을, 전부 그 타카히로……가 아니라 벨이 결정한다는 거야?"

미미미도 생각하면서 타마가 해준 이야기를 정리했다.

"응. 사람들한테 각각 『진행표』라는 걸 주는데, 거기에 적힌 대로 움직여야만 해. 어디서 뭘 하고, 누구랑 친구가 되고, 누구랑 결혼하는지까지. 그렇게 하면 반드시 행복해진다고, 말이야."

"행복……인가요."

키쿠치 양이 복잡한 표정으로 중얼거렸다.

"벨 씨는 원래 엄청난 실력의 점술사인데…… 분명히 시키는 대로 하면 좋은 사람을 만나고, 좋은 일도 갖게 되고, 행복한 인생을 살 수 있다는 것 같지만……."

"자기가 하고 싶은 일은 못 한다는, 그런 얘기지."

나는 그 이야기를 들으면서, 그건 타마의 방식과 정반대의 사고방식이라고 생각했다.

"자유 의지는 인정하지 않는다는, 그런 얘기군요."

"음~ 디스토피아인가 하는 그런 건가요."

타마가 또 고개를 끄덕였다.

"이쪽 세상의 우리 아버지랑 어머니도 그 진행표 덕분에 만났고, 그래서 벨 님께 감사한다고 말하고는 있지만, 나는 그렇게 사는 건 답답하다고 생각해서……."

"아하하! 그거, 타마한테는 무리겠다!"

"응. 그랬더니……."

그런데, 그때.

"찾았다~! 저쪽이다!"

골목길 저쪽에서 사람 목소리가 들려왔다. 우리가 안 좋은 예감을 느끼면서 고개를 돌려봤더니, 갑옷을 입은 병사한 사람이 우리 쪽을 가리키고 있었다.

"……그렇다면."

"진행표대로 사는 건 싫다고 말하면, 반역자다~ 라면서 쫓기게 돼!"

"역시나!"

안 좋은 예감이 적중했다. 그리고 우리는 순식간에 골목 길 구석으로 몰리고 말았다.

"몰아넣었다! 이젠 도망 못 간다!"

"들켰다! 좋았어, 싸우는 수밖에 없겠는데!"

위기 상황인데도, 미미미는 게임을 즐기면서 가슴이 두근 거린다는 투로 말했다.

"조심하세요. 상대는 아까 그 슬라임보다 몇 배는 강해요!"

"알았어~! 뭐, 이 미미미 님한테 맡겨만 두라고!"

"미미미, 넌 시프니까 굳이 따지자면 보조 캐릭터인데 말이야?"

"얼레?"

"괜찮아! 난 무투가니까 싸울 수 있어!"

"오. 그럼 나랑 타마가 전위, 미미미는 상대를 교란시켜 줘! 그럼, 간다!"

"음~ 왠지 생각했던 거랑 많이 다르네."

미미미가 볼을 긁으면서 그렇게 말하는 사이에, 우리와 병사들의 전투가 시작됐다.

＊ ＊ ＊

장면이 달라진 것처럼, 우리가 있는 필드가 상자 모양으로 변화했다. 아무래도 이 전투에서는 도망칠 수 없는 것 같다.

"해보자는 거냐, 이 반역자! 그러니까, 벨 님이 심판……? 을 봐주실 것이다!"

병사가 횡설수설하면서 말했다. 이 목소리는 아까 그 슬라임처럼, 타케이와 비슷했다.

"심판을 본다고?"

내가 깜짝 놀라서 물었다. 잠시 침묵이 찾아왔고, 미미미가 앗, 하고 알아차렸다는 것처럼 말했다.

"……아마도, ……심판한다는 얘기, 가 아닐까?"

"아, 일단 둘 다 같은 심판이니까, 헷갈릴 수도 있기는 하네요."

키쿠치 양도 고개를 끄덕였고, 병사는 기뻐하면서 두 사람을 가리켰다.

"그래, 그거다 그거! 심판한다고!"

나는 한숨을 쉬었다.

"타케이…… 전투인데도 긴장감이 하나도 없다…….."

"시, 시끄러!"

그렇게 해서 병사 역할을 맡은 타케이가 잠깐 당황한 순간을, 미미미가 놓치지 않았다.

"빈틈이다!! 받아라!!"

미미미가 허리에 찬 단검을 뽑았고, 병사를 공격했다. 하지만.

"흥! 소용없다!"

"튕겨났어?!"

미미미의 공격은 병사에게 통하지 않았다.

"갑옷이 물리 공격을 튕겨내는 건가! 이런, 우리 쪽엔 마법을 쓸 수 있는 멤버가 없는데."

우리가 당황하는 사이에, 병사는 타케이 목소리로 "허이야~!"라고 외치면서 대검을 치켜 들었다. 그 칼이 노리는 대상은, 미미미다.

"미미미, 위험해!"

"브레인?!"

다음 순간.

나는 미미미 앞을 막아서서, 병사의 공격을 막아내고 있었다.

"큭……."

"토모자키 군, 괜찮으세요?!"

"브레인, 미, 미안해, 날 감싸주다니……."

"아냐, 괜찮아. 아마 이 파티에서 내가 방어력이 제일 높을 테니까……. 회복 아이템을 부탁해."

"브, 브레인…… 알았어!"

미미미는 메뉴에서 아이템을 선택했고, 그걸 나한테 사용했다.

"고마워. 많이 편해졌어. ……그런데, 어떻게 대미지를 쥐야 하지……."

그때, 지금까지 가만히 지켜보고 있던 타마가 앞쪽을 봤다.

"……나, 좀 해볼 게 있어!"

그리고 타마는 몸을 낮춰서 자세를 잡고, 상대를 향해 힘차게 돌진했다.

"하앗! 장타(掌打)!"

타마가 낮은 자세에서 펼친 일격이, 병사의 투구를 쳐올리는 모양으로 맞았다.

"어, 어윽?! 이거 어지러운데?!"

그 모습을 보고, 키쿠치 양이 깜짝 놀랐다.

"비, 비틀거렸네요?!"

"진동을 전달해서 머리를 흔들어봤어!"

타마가 힘차게 말했지만, 그 모습을 지켜본 미미미는 왠지 복잡한 심정인 것 같다.

"어라? 타마, 왠지 무투가로서 꽤 센 거 아냐?"

"음~ 그것보다, 저 타케이가 입은 갑옷을 봤더니 갑자기 생각났다고나 할까……."

"그렇구나…… 전투 중에 기술을 떠올리는 타입의 RPG인가. ……미미미!"

"상대를 똑바로 쳐다봐줘! 그러면 뭔가 떠오를 거야."

"상대를 똑바로……. ……응?"

"뭔가 떠올랐어?!"

"훗훗훗~. 이 미미미 님한테, 맡겨만 두라고!"

다. 굳이 말할 필요가 있나 싶기도 하지만.

"……그러게 말이야. 잠깐, 그것보다! 빨리 도망치자!"

번쩍 정신을 차린 미미미가 그렇게 말했다.

"맞아. 여기 있으면 아마 또 누가 올 테니까. 게다가 상대는, 아무래도 반역자한테는 봐주지 않고 무력을 행사하는 타입인 것 같으니까……."

나는 냉정하게 생황을 분석했지만, 타마는 어딘가 불안해 보였다.

"으, 응. 그런데……."

그런 타마의 어깨를, 미미미가 가볍게 두드렸다.

"얘기는 나중에 하자! 일단 조용히 얘기할 수 있는 데까지 뛰어가자고!"

"아, 알았어!"

그렇게 해서, 우리는 골목길 밖을 향해서 뛰어갔다.

　　　　　* * *

우리는 어떻게든 안전한 곳까지 빠져나가기 위해서 뛰어 다녔지만, 주민들한테 들킬 때마다 큰 소동이 벌어지고 앞 길을 가로막히는 일이 벌어졌다.

"젠장……! 어딜 가도 계속 주민들한테 들키네……!"

제일 앞에서 뛰어가며, 내가 말했다. 타마가 초조한 표정으로 대답했다.

"사람들 진행표가 급하게 변경된 것 같아…… 마법의 힘을 이용해서, 실시간으로 바꿀 수 있으니까……."

"그럼, 일단 여기서 나가는 방법밖에 없을까?"

"아마도, 밖으로 나가는 문은 전부 닫혀 있을 거야. 나가려면, 먼저 샛길을 찾아내야……."

타마는 초조해하면서 말하고는, 주위를 둘러봤다.

"으~ 누구 도와줄 사람 없어?!"

미미미가 외치는 소리를 듣고, 타마가 뭔가 생각이 났다는 것처럼 고개를 들었다.

"……이쪽!"

"생각나는 게 있나요?!"

"응. 내가 숨어 있던 곳! 우리 가족들이 숨겨줬어! 전부 들어갈 공간이 있는지는 모르겠지만, 미행당하지 않게 조심하면서 가자!"

그 말을 듣고 미미미가 빙긋 웃어 보였다.

"알았어! 아까 레벨업 하면서 무음 걷기라는 기술을 익혔으니까, 그거면 될 거야!"

"오! 역시 시프! 부탁할게!"

"나한테 맡기라고! 전체 스킬, 무음 걷기!"

그리고 우리 네 사람은, 기척을 지우고서 골목길을 빠져나갔다.

* * *

"살금살금, 살금살금…… 도착, 했나?"

미미미가 아마도 원래는 필요 없을 소리를 하고 있지만, 다리 쪽은 희미하게 빛나고 있다. 아마도 무음 걷기 스킬을 발동해서 그런 거겠지.

"응. 여기."

"여기가…… 타마가 숨어 있던 곳?"

"창고, 네요."

나와 키쿠치 양이 보고 있는 곳. 거기에는 낡은 목제 오두막이 있는데, 최소한 사람이 살 수 있는 곳은 아닌 것 같다.

"망한 도구 상점 창고에 오래 보관할 수 있는 먹거리가 잔뜩 있어서, 여기 숨었거든. 사람들은 진행표대로만 움직이고, 이 창고에 대한 건 잊어버렸을 테니까, 일단 지금은 안전해."

"그렇구나……."

미미미가 불안해하며 말했지만, 어쨌거나 다 같이 그 안에 들어가기로 했다.

"지금은 아버지와 언니가 있고…… 어머니는 물 뜨는 당번인가?"

"안녕하세요. 아저씨, 언니…… 어라, 뭐야?! 유즈?!"

미미미는 안에 있던 이즈미랑 눈이 마주쳤고, 깜짝 놀랐다.

"어?! 너, 너희들?!"

이즈미가 우리들을 보면서 말했다. 나도 갑자기 이즈미와 마주쳐서 깜짝 놀랐다.

"어, 어째서 여기에?!"

그랬더니 타마가 당연하다는 것처럼 말했다.

"내가 말 안 했구나! 그러니까, 우리 언니야."

"어, 언니라고⋯⋯?"

그 충격적인 고백에, 미미미가 복잡한 표정을 지었다.

"응, 맞아! 하나비가 말이야, 내 동생이 됐어!"

"그, 그런 거야⋯⋯? 우리 귀엽고 귀여운 타마가⋯⋯ 유즈 동생이⋯⋯ 그러니까⋯⋯."

"미미미가 흔들리고 있다⋯⋯."

나는 곤혹스러워하면서도, 그 망설임의 결말을 지켜봤다. 미미미는 대체 어떤 결론을 내릴까.

"──그건 그것대로, 좋네!"

"아, 그래. 그럼 다행이고."

뭐, 미미미니까 당연히 그런 결론을 내리겠지. 내가 완전히 지쳐서 한숨을 쉰, 그 순간.

"아~ 어흠."

타마네 아버지로 보이는 인물이 헛기침했다. 하지만 그 목소리는, 헛기침한 순간에 이미 완전히 타케이였다.

"타케이다."

"타케이 군이네요."

그렇게 말하면서, 나와 키쿠치 양은 피식 웃으면서 서로 얼굴을 마주 봤다.

"자네들은 누구인가?"

"아, 죄송해요. 그러니까, 유즈네 아버님이시죠."

미미미가 말하자, 남자가 기분 좋게 빙긋 웃었다.

"당연하지!"

"역시 타케이다."

"타케이 군이네요."

그리고 또다시, 나와 키쿠치 양이 얼굴을 마주 봤다.

"저희는, 타마랑 유즈네 친구예요!"

"그래, 친구인가! 그럼 편하게 있다 가라고!"

가벼운 말투로 말하고, 아버지가 엄지손가락을 세워 보였다. 솔직히 이거, 완전히 타케이잖아.

"아주 가볍네요."

"위엄이 하나도 없어……."

그때. 오두막 밖에서 싸우는 것 같은 금속 부딪치는 소리와 타격음이 들려왔다.

"어……! 무슨 소리지!"

타케이 목소리지만, 아버지가 당황한 목소리로 말했다.

"밖에서…… 어, 어머니?!"

이즈미가 당황해서 말했고, 타마도 깜짝 놀랐다.

"세, 세상에!"

그리고 다 같이 밖으로 뛰쳐나갔더니, 거기에는.

"이, 이거!"

"여러 사람 발자국과, 싸운 흔적…… 피, 네요."

생생한 흔적. 분명히 보통 일이 아닌 상황을 보고, 이즈미가 말했다.

"마, 말도 안 돼?!"

게다가 이미 거기엔, 어머니도 병사도 보이지 않았다.

"잡혀갔다는…… 얘기야?"

"상황만 보면 그렇게 되는데…… 아냐, 어쩌면…… 이미 목숨이……."

미미미와 내 추측에, 이즈미네 아버지인 타케이가, 타케이라는 걸 믿을 수 없을 만큼 절망한 표정을 지었다.

"이럴 수가…… 진행표대로 따르는 병사는 이 근처까지 오지 않을 텐데……."

그리고 아버지보다 심각한 표정을 짓고, 타마가 말했다.

"나 때문이야……."

"타마?"

"내가 또 쓸데없는 짓을 해서…… 진행표가 갱신됐어……."

그렇게 말하면서, 목소리가 조금씩 작아지고, 힘이 빠져나갔다.

"그, 그럴 수도 있지만, 뭐, 게임이니까!"

"그래 맞아! 게임이니까 너무 책임감 느끼지 마!"

미미미와 이즈미가 설득했지만, 그래도 타마는 납득하지 않았다.

"하지만…… 이렇게 리얼하니까, 진짜 사람을 상대하는 거랑 똑같은 거잖아."

"그, 그건…… 그러려나?"

이즈미는 진심으로 공감할 수 없다는 표정이었지만, 그래도 거기에 맞춰주려는 것처럼 맞장구를 쳤다.

"뭐, 타마는…… 그렇게 생각, 하겠지."

미미미가 납득했다는 것처럼 고개를 끄덕였다.

"구해내야 해" 타마가 결심했다는 것처럼 고개를 들었다. "나랑 유즈네 어머니, 우리가 구해내야 해!"

"하나비……."

키쿠치 양이 깜짝 놀랐다는 것처럼 말했다. 그리고 나도, 타마의 마음을 이해할 수 있었다.

"……그래."

그래서 나는, 강하게 말했다.

"브, 브레인?"

"분명히, 게임이니까 사람이 죽어도 괜찮다고 할 수도 있어. 진짜 피가 흐르는 게 아니니까."

"응, 맞아" 이즈미가 고개를 끄덕였다.

"하지만…… 게임이라고 대충할 수는 없어. 게임이기 때문에, 언제든지 진심으로 하는 거야. 그게 게이머라고…… 난 그렇게 생각해."

내 생각을 말했더니, 키쿠치 양이 후훗, 하고 웃었다.

"맞아요."

생각지도 못한 사람이 동의를 해줬고, 나는 놀라면서도 기뻐했다.

"저도 찬성해요. 우연히 주어진 역할일 뿐이지만, 기왕이면 있는 힘껏 하는 쪽이, 즐거울 거라고 생각해요."

"……고마워, 나, 진짜 귀찮지."

살짝 어두운 톤으로 말하는 타마의 어깨를, 미미미가 짜악 때렸다.

"아니라니까! ……아니, 정확히 말하자면, 귀찮지만 그게 좋아, 라고 할?"

"흐응~ 고마워."

타마는 고갤 돌리고, 얼굴이 아주 살짝 발그레해져서 말했다.

"좋았어, 그럼 지금부터는 이게 현실이라고 생각하면서, 어머니를 구출하러 가자! 살아 있을 가능성이 있다면, 있는 힘껏 그 가능성에 걸어보는 거야!"

내가 용사답게 전체를 이끌었다. 게임 속에서라면 나도 이 정도는 할 수 있다.

"그, 그래?! 좋았어! 다들 그렇게 말한다면, 협력할게!"

이즈미는 아직 상황을 받아들이지 못한 것 같지만, 그래도 우리 의견에 따라줬다.

"그럼, 두 사람네 어머니 구출 작전, 시작이네!"

미미미가 힘차게 말했더니, 키쿠치 양이 문득 생각이 났다는 것처럼 이즈미 쪽을 봤다.

"아. 그런데 말이죠, 이즈미 양은 직업이 어떻게 되죠?"

"직업?"

게임을 거의 안 하는 이즈미가 못 알아들었기 때문에, 내가 보충 설명을 해줬다.

"아~ 그러니까, 마법사나 전사 같은 그런 것."

"아~ 그거 말이지! 뭐더라, 백마법사라고 적혀 있었어."

"오! 그렇다면 회복 담당인가!"

"응! 회복 마법이라든지 쓸 수 있어!"

그토록 기다리던 인재를 발견해서, 나는 만족스레 고개를 끄덕였다. 미미미도 기쁜 듯이 웃고 있다.

"그거 마침 잘됐다. 회복하는 사람 필요하다는 얘기 했었는데 말이야, 아까!"

"좋았어, 파티 멤버가 이만큼 모였으면 괜찮겠지! 용사에 무투가, 시프랑 백마도사. 밸런스도 나쁘지 않고 말이야."

"좋~았어! 이제 결정됐으니까 바로 GO!"

미미미가 외쳤고, 다른 사람들도 "와~!" 하고 외쳤다.

"아, 그 전에 마을 바깥쪽 같은 데서 병사라도 적당히 쓰러트리면서 레벨을 올리자."

"브레인, 아주 착실하다?!"

* * *

벨의 저택 앞.

"드디어 여기까지 왔구나……."

미미미가 눈앞에 우뚝 서 있는 저택을 보면서 말했다.

여기는 적의 본거지. 방심하면 순식간에 당하게 되겠지.

"다들 레벨이 꽤 많이 올라갔네요."

키쿠치 양이 말하자 모두가 고개를 끄덕였다. 마을 바깥쪽에서 열심히 레벨을 올린 결과, 그리고 중간부터 레벨이 올라갈 때의 감각에 완전히 빠져 있었으니까, 꽤나, 충분히 강해졌을 것 같다. 하지만, 그게 보스한테 통할지는 모를 일이다.

"여기가 미즈사와의 저택……."

내가 긴장해서 중얼거렸더니,

"아, 일단 이름은 벨이라고 하는 것 같으니까, 그렇게 불러주는 게 어떨까요?"

"됐어! 귀찮아!"

"그렇다네요, 키쿠치 양."

"그, 그런가요……."

타마랑 내 더블 진심 토크를 듣고, 키쿠치 양이 힘없이 고개를 숙였다. 미, 미안해.

"자, 어떻게 할까. 정면으로 당당하게 쳐들어갈까…… 하지만, 이런 건 정면으로 들어가면 함정에 빠지는 게 기본 패턴인데 말이야……."

내가 생각하면서 그렇게 말했더니, 미미미가 저택 뒤쪽을 가리켰다.

"아, 그거라면…… 이쪽!"

"뭔가 알고 있어?"

깜짝 놀라서 묻는 이즈미에게, 미미미가 의기양양하게 엄지손가락을 세워 보였다.

"그게 아니라, 내가 레벨이 올라가면서 자물쇠 열기 스킬을 배웠으니까, 아마 뒷문으로 침입할 수 있을 거야!"

"오~! 역시 도둑이네~!"

이즈미가 뭔가 신이 나서 말했는데, 게임에 대해서 잘 모르니까 그냥 대충 말한 것 같다. 미미미가 No, No, 하고 말하면서 손가락을 흔들어 보이고는,

"시프야! 도둑이라고 하면 너무 멋없잖아!"

"아무거면 어때! 빨리 가자!"

그리고 타마가 바로 일축해버렸다. 한편으로 나는, 혼자서 희열에 빠져 있었다.

"훗훗훗. 역시 레벨을 올리길 잘했어."

"브레인이 뭔가 기분 나쁘게 웃고 있어……."

"그러니까, 입구는……."

그리고 이즈미가 문을 찾아냈다.

"아!"

"뭔가 그럴듯한 게 있네요."

"좋았어~ 그럼 바로 들어가 볼까!"

그렇게 해서, 우리는 저택으로 쳐들어갔다.

        * * *

──같은 시각. 저택 2층.

거기에는 두 사람이 있었다.

"들어온 것 같네."

"그러게. 타카히로, 알아서 해줄 거지?"

왕좌에 앉아 있는 여성의 그림자와 그 옆에 서 있는 스마트한 남자.

어둠 속에 있는 두 사람의 모습은, 어딘가 즐거워 보였다.

"……여기서는 벨이라고 부르라고 했잖아."

"흐응? 그럼 당신도, 나한테 제대로 존댓말을 써야 하는 게 아닌가?"

"아, 예. 그랬죠. 마왕님."

"괜찮네."

"그래서, 내가 먼저 가면 되는 건가?"

"……『되는 건가』?"

"아~ 가면 되겠습니까? 마왕님."

"후후, 그래. 부탁할게, 타카히로."

"아니, 그러니까…… 아니, 알겠습니다. 분부대로 하겠습니다."

　　　　＊ ＊ ＊

"1층에는 아무도 없는 것 같아. 도적의 감각으로 찾아봤는데, 기척이 없어."

"편리하네, 시프."

능력을 최대한 활용하는 미미미에게 한마디 하면서 속으로는 감탄했다.

"아마도…… 지하와 2층에 사람이 있어!"

"그 얘기는, 지하가 감옥이고 위쪽은 벨, 이라는 걸까요."

"그럴 가능성이 클 것 같아. RPG에서 감옥이라고 하면 지하니까. ……그 얘기는!"

내가 말했더니, 타마의 얼굴이 확 밝아졌다.

"역시, 살아 있다는 거지?!"

"아직은 모르겠지만. 간수만 있을 가능성도 있으니까."

나는 어디까지나 냉정하게 가능성을 제시했고, 그 말을 들은 타마도 고개를 끄덕였다.

"……그러게. 그럼, 가보자."

그렇게 해서, 우리 다섯 명은 지하실로 갔다.

"아, 저기!"

키쿠치 양이 가리킨 곳에는, 한 여성이 있었다.

"감옥 안에 여성…… 그 얘기는!"

내가 말했더니, 미미미가 그다음을 이어서 말했다.

"틀림없이 저 사람이 두 사람네 어머니야!"

나는 고개를 끄덕였다. 이걸로 어머니와 딸들의 감동적인 재회, 장면이 벌어질 거라고 생각했는데──.

두 사람의 어머니는, **타케이 목소리**로 이렇게 말했다.

"……유즈! 타마~!!!"

"뭐야, 어머니도 타케이 목소리잖아!!"

나도 모르게 큰 소리로 딴죽을 걸었다. 솔직히 이건 너무

하잖아. 그런 건 좀 잘 처리해달라고.

"이건 감동하고 싶어도 도저히 못 하겠네……."

미미미도 씁쓸하게 웃으면서, 어떻게 반응해야 좋을지 곤란해하고 있다. 뭐, 맞는 말이네.

"이런 걸 현실이라고 생각하고, 구하려고 했던 하나비는 정말 대단하네요……."

"응? 그야 설정이라도 어머니는 어머니니까!"

타마는 당연하다는 것처럼 대답했다. 그리고 이즈미는 우리를 보면서 애원하는 것처럼 말했다.

"감정이입 못 했던 내가 잘못한 게 아니지?! 그치?!"

"그랬구나……."

"뭐, 이건 어쩔 수 없네——".

내가 그렇게 말했을 때. 문 열리는 소리와 함께 남자 목소리가 울렸다.

"거기까지다."

"……그 목소리는, 미즈사…… 가 아니라, 벨."

내가 그렇게 말하자, 벨이 한심하다는 것처럼 한숨을 쉬었다.

"정말이지, 얌전히 다음 마을로 갔으면 좋았을 것을…… 이렇게 비밀에 접하게 되다니 말이야."

"시끄러워! 엄마를 돌려줘!"

타마는 제대로 감정을 담아서 말했다. 대단하다. 미즈사와도 거기에 호응하는 것처럼,

"그건 안 될 말이다."

그런 두 사람의 대화를 본 이즈미와 미미미가, 작은 소리로 "저기, 히로도 꽤 빠진 것 같지?" "유즈, 그런 얘기는 하지 마" 같은 이야기를 하고 있다. 분명히, 미즈사와는 아까부터 매우 신나서 연기하고 있는 것 같다.

"거기, 잡담을 자제해라."

미즈사와가 강하게 한마디 하자, 이즈미는 "아, 예!"라고 말하면서 자세를 바로잡았다.

"그런데, 왜 어머니를 잡아간 거지!"

내가 일단 연기를 하면서 말했더니, 미즈사와가 천천히 이야기를 시작했다.

"내가 만드는 이상적인 마을에 방해가 되니까. 단지 그것뿐이다."

"이상적인 마을……?" 키쿠치 양이 그 말을 따라 했다.

"내게는 완벽한 이상을 알 수 있는 힘이 있다. 내가 하늘로부터 계시받은 시나리오를 조합해서 모든 것을 예정대로 움직이면 모든 이가 평등하고, 그리고 행복한 세상이 된다. 물론, 인간도 마족도 평등하게, 말이지."

미즈사와의 말을 듣고, 타마가 화를 내면서 말했다.

"그건, 사람들의 생각을 무시하는 짓이야! 하고 싶은 일이 있는 사람도 있다고!"

감정이 실린 강한 말투. 하지만, 미즈사와는 꿈쩍도 하지 않았다.

"하고 싶은 일이 있는 사람도 있다. 계집, 네 말에도 일리는 있다. 하지만, 그렇지 않은 사람이 더 많다네. 하고 싶은 일 따위는 없는, 그저 시키는 대로 움직이는 쪽이 편하고, 그것이 행복이라고 느끼는 사람. 자네가 자신의 길을 걷고 싶다고 해서 다른 사람에게도 그것을 강요하는 것은, 과연 옳은 행동일까?"

"그, 그건……."

"자네가 혼자서 이 마을을 떠나겠다면 나도 막지 않겠다. 하지만, 가족이나 친구들을 세뇌해서, 그리고 다 같이 이곳을 떠나려 한다면 그것은 넘어가 줄 수 없다. 왜냐하면 자네의 가족과 친구는, 내 마을의 소중한 일부분이니까. 내 말에 뭔가 잘못된 부분이라도 있나?"

"……!"

"타마……."

마즈사와의 말을 들은 타마가 할 말을 잃었다.

"자네가 강하게 살아가는 것을 부정당하고 싶지 않은 것처럼, 세상에는 약하게 살아가는 것을 부정해주기를 바라는 사람도 있다. 그런 약한 사람들에게 『약속된 행복』을 제공하는 것이, 바로 이 마을이다."

"그, 그렇게 말하면……." 키쿠치 양도 밀리는 분위기다.

"자네의 가족은 원래, 자네가 부추기기 전까지는 이 마을에서 행복하게 살고 있었다. 아무런 의심도 없이, 똑바로 말이지. 그것을 망가트린 것은 하나비, 바로 자네다."

"그, 그런 짓…… 난…….”

그때.

지금까지 고개를 숙이고 있던 이즈미가, 고개를 번쩍 들었다.

"……하지만!”

"이즈미……?!”

"하지만, 그래도, 가족은 소중하단 말이야!!”

그 올곧은 말. 타마가 멍하니 이즈미를 보고 있다.

"……유즈.”

"나 자신을 위한 고집일 수도 있지만…… 그래도 소중한 가족이『마을의 일부』가 아니라『자신』이기를 바라는 게, 그렇게 잘못된 거야?!”

"무슨 한심한 소리를……!”

"히로 너라면 알 것 아냐?! 자기 자신을 강하게 유지하는 사람이, 멋있잖아!”

"……히로가 아니다. 벨이다.”

"벨이라도 말이야! 모르겠어?!”

"……정말이지, 그래, 알았어.”

"벨, 이 아니라, 히로……?”

"왜 그렇게 진자하게 외치는 거냐고. 그렇게까지 말하면 나도 좀 개심하고 싶어지잖아.”

그렇게 말하면서, 벨이라고 우기는 미즈사와가 슥, 하고 몸에서 힘을 뺐다.

"그렇다면, 미즈사와⋯⋯."

"그것도 좋지 않을까? 타마네 가족을 다 해방시켜줄게. 뭐, 이 마을에서 네 명 정도 없어진다고 크게 달라질 것도 없으니까."

"⋯⋯이해해준 거야."

"뭐, 이해했다고 할까⋯⋯ 벨로서는 잘 모르겠지만, 나 개인적으로는 이즈미의 설득에 납득했으니까 전투는 회피한 걸로 하자고."

"타카히로! 너도 좋은 구석이 있구나!"

미미미가 기뻐하며 외쳤고, 미즈사와도 냉정하게 한숨을 쉬었다.

"그렇지 뭐. 그럼, 그렇게 알고, 들키기 전에 빨리 돌아가──."

그런데, 그때.

또각, 또각, 하는 딱딱한 구두 굽 소리가, 방 안에 울려 퍼졌다. 그 소리가 조금씩, 가까워지고 있다.

"어머나, 벨. 너무 무른 게 아닌가?"

"거봐, 말 끝나자마자 왔잖아."

미즈사와가 으아~ 하고 말하며 씁쓸하게 웃었다. 발소리가 서서히 커지고, 마침내 안쪽 문에서 나타난 것은.

"──여러분, 평안하신지요."

"⋯⋯아오이?!"

제대로 마왕 모습을 한, 히나미 아오이였다.

"어머나. 서민 따위가 그렇게 함부로 부를 이름이 아닐 텐데. 나는 마왕. ——마왕 히나미 아오이."

"마, 마왕……." 키쿠치 양도 주눅이 든 것처럼 말했다.

"결국 진짜로 마왕이 됐네……."

다른 사람들이 그 박력에 집어삼켜지는 속에서, 나 혼자만 다른 사람들과 다른 의미로 감탄하고 있었다.

"아~ 뭐야, 이렇게 됐으면 난 모른다? 이젠 도망치고 싶어도 못 치니까."

"어, 어쩌지, 싸, 싸워야 하나?!"

"하, 하지만, 딱 봐도 엄청 세 보이는 아우라가 느껴지는데?!"

미미미도 분위기에 휩쓸린 것처럼, 조금씩 당황하기 시작했다. 왜냐하면 이 히나미 아오이의 박력이 엄청나니까.

"맞아. 당신들은 날 쓰러트릴 수 없어. ……하지만, 무엇보다 난 싸울 생각이 없거든."

생각지도 못한 말에, 타마가 깜짝 놀라서 고개를 갸웃거렸다.

"그래?"

"난 그저, 마족과 인간이 평등하게 살 수 있는 세상을 만들고 싶을 뿐이야."

이즈미도 그 속내를 떠보려는 것처럼, 히나미의 눈을 빤히 쳐다봤다.

"마족과 인간이?"

히나미가 고개를 끄덕였다.

"지금 이 세상은 인간이 대부분을 제압하고 있어. 하지만, 내가 이상적이라고 생각하는 건 그 둘의 공존. 어느 한쪽을 우선하는 게 아니라, 그저, 구분해서 같이 살아가는 거야."

"그게 가능하다면 좋겠지만…… 그건 너무 비현실적이잖아."

"그러니까……. 그런데 문제는…… 마족은, 인간을 잡아먹잖아요?"

나와 키쿠치 양의 반론에, 히나미는 끝까지 냉정하게 대답했다.

"맞아. 하지만 그건, 인간이 가축을 잡아먹는 것과 마찬가지야. 그래서 우리 마족은 가축용 인간을 사고, 거기서 얻은 고기만 먹겠다고 약속하겠어. 그래, 바로 이 마을 같은 목장에서 말이지."

거기서 나는 딱, 느낌이 왔다.

"아~ 그렇구나. ……한마디로 이 마을은 사람들을 완전히 관리해서 가축으로 만드는 목장의 프로토타입이었다, 라는 스토리인가."

"스토리인가, 같은 소리는 하지 마."

"아, 미안."

내 세계관을 벗어나는 발언에 대해 히나미가 한마디 했고, 한순간 침묵이 찾아왔다. 불편하다. 히나미는 마음을 다잡고서 어흠, 하고 헛기침을 했다.

"……즉, 마족과 인간이 사는 장소를 평등하게 나누고, 마족은 인간을 가축으로서 키우고 먹는다. 그 대신, 인간이 사는 곳에는 손대지 않는다. 물론 인간이 가축을 키워서 잡아먹는 데 대해서도 그 어떤 불만도 제기하지 않아. 마족을 식용으로 길러도 상관없고. 이러면 어떨까?"

"분명히 평등하게 들리기는 하는데……."

"그건, 이 마을 같은 목장을 허락한다는 뜻이 되는 거지?"

미미미와 이즈미는 답을 내리지 못한 것 같다.

"안 돼! 그런 목장은 허락하면 안 된다고!"

"하지만, 분명히 인간도 돼지나 소를 키워서 잡아먹어요……."

"아! 그, 그렇구나, 그건 그렇긴 한데……."

타마는 키쿠치 양의 말 때문에 흔들렸다.

"어, 어쩌지?! 브레인, 이럴 땐 어떻게 해야 할까?!"

"뭐?! 나, 나 말이야?!"

"맞아, 토모자키! 나도 이런 어려운 건 몰라!"

미미미의 말도 안 되는 소리에 이즈미도 고개를 끄덕였고, 어째선지 모든 결정권이 나한테 맡겨졌다. 대체 왜.

"마, 말도 안 돼……."

"최강 게이머니까, 그 정도 답은 내릴 수 있잖아! 맡길게!"

"밈미가 맡긴다고 했으니까, 나도 맡길래."

타마도 날 똑바로 보면서 말했다. 이런 때 그렇게 똑바로 보지 말아줬으면 좋겠거든.

"응. 그리고 너 이번에 용사 역할이니까."

"으…… 그렇게 말하면."

미즈사와의 그 한마디가, 나한테는 제일 결정적이었다. 분명히 이럴 때는 용사가 결정하는 법이니까. 게임적으로는. 반론 못 하지.

그런 일로, 나는 생각했다. 확실히 히나미의 말한 대로 구조적으로 평등하다. 그리고 그게 유지가 된다면, 아마도 평화롭겠지. ……하지만.

"아니, 그래도 허락할 수 없어."

답을 내린 나는, 당당하게 말했다.

"……헤에. 어째서?"

"분명히 인간은 돼지나 소를 먹고, 그걸 허용하고 있어."

"그렇지?"

히나미는 위압감 있는 투로 말하고, 내가 계속 말하기를 기다렸다.

"하지만, 그것처럼 인간을 키워서 잡아먹는 건, 그게 완전히 똑같은 구조라고 해도── 허락할 수 없어!"

"토모자키 군……." 키쿠치 양이 걱정해주는 목소리가 들려온다.

"평등보다 불평등을 바란다. 그렇게 말하고 싶은 거지?"

"그래! 왜냐하면 우리는, 인간이니까!"

"……어리석은 에고구나."

히나미는 눈살을 찌푸린 뒤에 실망했다는 것처럼 말했지

만, 내 의지는 흔들리지 않았다. 이것이 용사 토모자키로서의 대답이다.

"좋았어, 브레인! 알았어!"

미미미도 힘차게 고개를 끄덕였다.

"응! 그럼 나도 싸울게!"

"맞아! 나도 그렇게 생각해!"

타마도 바로 고개를 끄덕였고, 따라 하는 것처럼 이즈미도 고개를 끄덕였다.

"그렇구나. 인간이라서, 인가."

미즈사와는 유쾌하다는 것처럼 입꼬리를 끌어올리고 있다.

"……그거참 아쉽게 됐네. 그렇다면, 단번에 유린해줄게."

"젠장…… 이 압력…… 역시 실력 차이는 어쩔 수 없나……."

나는 그 아우라에 삼켜질 것 같았지만, 이를 꽉 악물고 버텼다.

"그래도, 정했으면 끝까지 하는 수밖에 없어!"

그 압도적인 풍격에 압도당하면서도, 미미미가 긍정적으로 말했다.

"엄마, 내가 쓰러지기라도 하면, 미안해……!"

타마도 각오를 다지고, 아오이를 빤히 쳐다봤다.

"위험하다 싶으면, 내가 회복시켜줄 테니까 너희들만이라도 도망쳐!"

이즈미는 백마법사답게, 자기 역할을 다할 생각인 것 같다.

그런데, 그때.

안내 담당인 키쿠치 양이── 이런 말을 했다.

"……여러분, 괜찮아요! 그러니까…… 룰 북을 보니까, 이건 체험판이라서── 마왕의 힘은 저희들도 여유 있게 쓰러트릴 수 있을 정도로 설정돼 있다고 적혀 있어요!"

"뭐야, 그랬어?"

제일 먼저 얼빠진 소리를 낸 것은, 마왕 본인이었다.

마침내 우리도 그 말의 의미를 파악했고── 그리고.

"으아아아아아!"

4대 1의, 일방적인 뭇매가 시작됐다.

　　　　＊　＊　＊

──그렇게 해서, 우리는 생긴 건 멀쩡하지만 스테이터스는 엄청나게 낮은 마왕 히나미를 혼내줬다.

"제, 젠장…… 여기까지, 같구나."

"아주 여유가 있었네."

내가 빙긋 웃으면서 말했다.

"난 아직 MP 많이 남아 있어!"

이즈미도 엄청나게 팔팔하다.

"나, 제대로 때리지도 않았는데."

타마는 아무렇지도 않은 분위기다.

"나도 아오이가 너무 느려서, 한 번도 안 맞았어!"

미미미가 신난다는 것처럼 으하~ 하고 웃고 있다.

"난 괜히 같이 맞지 않게, 가만히 보고만 있었지."

미즈사와는 가볍게 웃으면서 히나미를 보고 있다.

"마을 바깥쪽에서 레벨을 올린 게 도움이 됐나 보네."

"뭐, 생각해보면 체험판에서 레벨을 올리는 건 반칙이니까."

그런 소리를 하면서도, 나는 이 결과에 만족하고 있었다. 히나미가 당하는 모습은 쉽게 볼 수 있는 게 아니니까. 혹시 스크린샷 기능 같은 건 없으려나. 꼭 저장해두고 싶다.

"난…… 강한 쪽에 붙는 타입이니까, 오늘부터는 너희 편이 될게."

"뭐야! 너무 멋대로잖아!"

미즈사와가 농담을 했더니, 타마가 바로 딴죽을 걸었다.

"큭…… 하지만, 잘 기억해둬……. 당신들이 옳기 때문에 이긴 게 아니라…… 이겼기 때문에 옳은 게 된 거라는, 단지 그것뿐이라는 사실을……!"

"뭔가 멋진 말을 하는 것 같지만, 너무 약해서 설득력이 없네."

"역시 RPG는 스토리만큼이나 게임 밸런스도 중요하구나."

히나미의 마지막 대사를 듣고, 미즈사와와 내가 놀려댔다.

"뭐야 이거…… 납득할 수 없어……."

그 말을 마지막으로, 히나미는 완전히 쓰러져버렸다.

"히나미 양…… 안녕히."

키쿠치 양이 기도하는 것처럼, 히나미에게 마지막 인사를 했다.

그것을 계기로, 저택 전체에 밝은 BGM이 흐르기 시작했다.

"오! 엔딩인가" 미미미가 말했다.

"꽤 재미있었어! 나중에 발매되면 다 같이 해보자~!"

어머니 때는 감정이입을 못 했던 이즈미지만, 재미있었다는 건 진심인 것 같다.

"그러게. 데이터가 연동되면 좋겠는데."

미즈사와도 만족스럽게 말했다.

"음~ 이런 건 보통 체험판이랑 본편이 독립되는 경우가 많으니까."

내가 말했더니, 키쿠치 양이 웃으면서 "그래도"라고 말했고.

"······재미있었어요."

그러자 타마도 힘차게 고개를 끄덕였다.

"나도 재미있었어!"

두 사람의 말을 듣고, 나는 게이머로서 기뻤다.

"하하. 보통 게임을 안 할 것 같은 두 사람이 재미있었다고 하니, 정말 다행이네."

그리고 감옥 안에 있던 어머니도 힘차게,

"재미있었지!"

"어머니 그래픽에 타케이 목소리는 적응이 안 되네."

내가 씁쓸하게 웃고 있는데.

거기에, 어디선가 에코가 들어간 목소리가 들려왔다.

『저기, 나만 거기 없는 거, 좀 이상하지 않아?』

"오, 천국에서 목소리가 들려왔다."

"아하하! 웬일로 아오이가 불쌍해!"

쉽게 볼 수 없는 상황에, 미즈사와와 미미미가 유쾌하게 웃었다. 무엇보다 내가 제일 유쾌하다고 생각하고 있다.

"뭐지, 진짜 재미있다."

『토모자키 군? 나중에 두고 보자고.』

"죄송합니다. 용서해주세요."

히나미가 너무 까부는 나한테 따끔하게 한마디 했다. 나중에 과제를 늘리는 일이 일어나면 큰일이니까, 지금을 열심히 사과해두자.

"후후, 사이가 좋네요."

키쿠치 양도 웃었다.

"맞아! 나도 그렇게 생각해!"

"아, 아니 전혀 아닌데……."

이즈미가 추궁할 것 같아서 당황하면서도, 나는 어떻게든 얼버무리려고 했다.

"아! 엔딩 끝난다!"

미미미가 그렇게 말하자, 지금까지 흐르던 BGM이 짜잔! 하고 끝났다.

그리고, 바로 찾아온 침묵 속에서──

"더 엔드!!"

"디 엔드지."
타케이가 또 잘못 읽었고, 내가 착실하게 딴죽을 걸었다.
마무리 정도는 제대로 하면 안 되겠냐고.

JAKU CHARA TOMOZAKI-KUN Lv.8.5
by Yuki YAKU
ⓒ2016 Yuki YAKU Illustrated by FLY
All rights reserved.
Original Japanese edition published by SHOGAKUKAN.
Korean translation rights in Korea arranged with SHOGAKUKAN
through Shinwon Agency Co.

약캐 토모자키군 Lv.8.5

2020년 12월 31일 1판 2쇄 발행

저　　자　야쿠 유우키
일러스트　플라이
옮 긴 이　김정규
발 행 인　유재옥
본 부 장　조병권
담당편집　김민지
편 집 1 팀　정영길 김민지 조찬희
편 집 2 팀　김다솜
편 집 3 팀　오준영 곽혜민 김혜주
미　　술　김보라 서정원
라이츠담당　김슬비 한주원
디 지 털　박상섭 이성호 최서윤
발 행 처　㈜소미미디어
제 작 처　코리아피앤피
등　　록　제2015-000008호
주　　소　서울시 마포구 토정로 222, 403호 (신수동, 한국출판콘텐츠센터)
판　　매　㈜소미미디어
마 케 팅　한민지 이주희 우희선
전　　화　편집부 (070)4164-3962, 3963 기획실 (02)567-3388
　　　　　판매 및 마케팅 (070)4165-6888, Fax (02)322-7665

ISBN 979-11-6611-192-1 04830
　　　979-11-5710-883-1 (세트)